SILVER WEIHNACHTSMANN

SINGLE-DAD ROMANTIK

DIE SAGA DER SILVER-BRÜDER
BUCH EINS

LACEY SILKS

Mögen all deine frivolen Weihnachtswünsche in Erfüllung gehen.

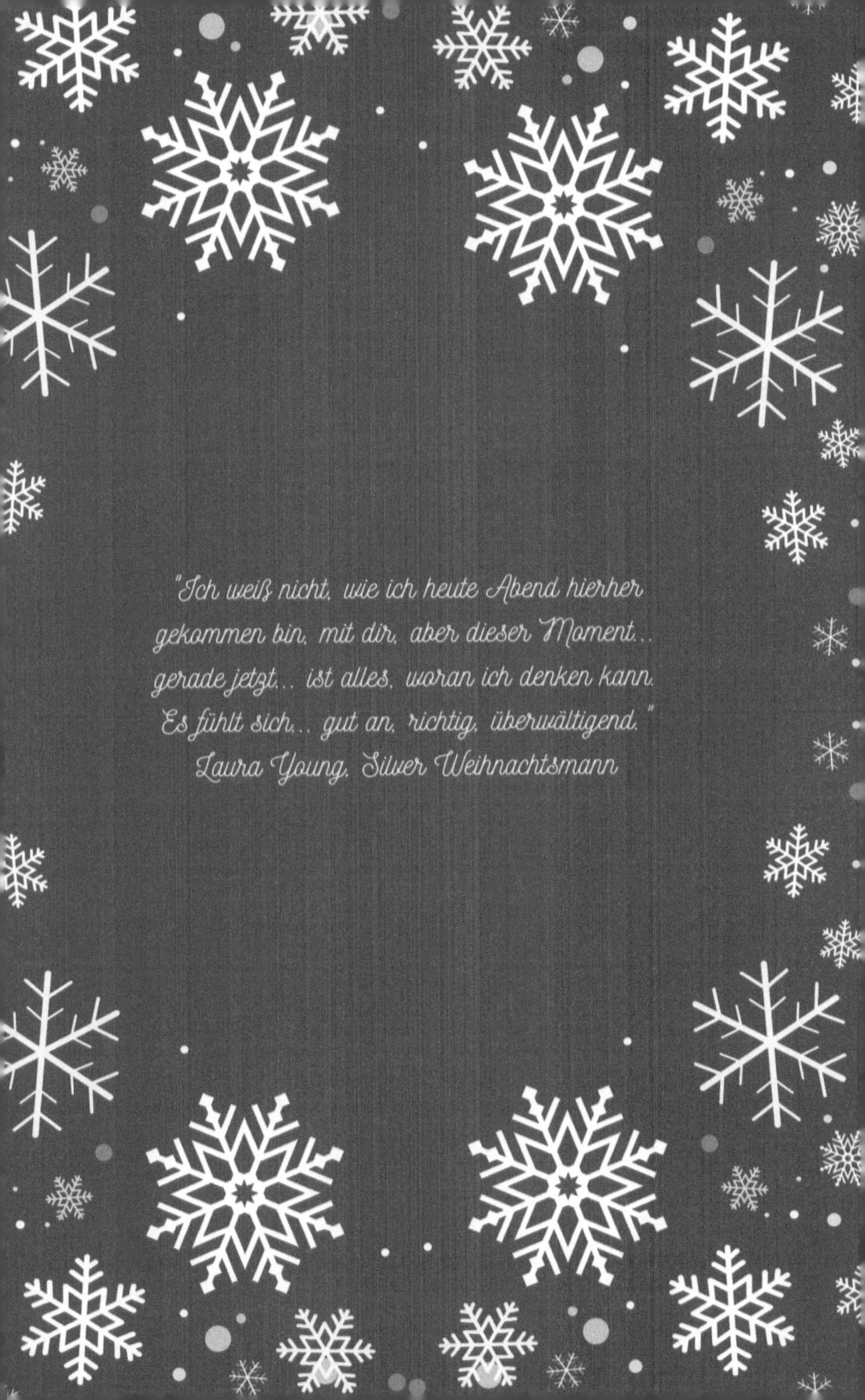

"Ich weiß nicht, wie ich heute Abend hierher
gekommen bin, mit dir, aber dieser Moment...
gerade jetzt... ist alles, woran ich denken kann.
Es fühlt sich... gut an, richtig, überwältigend."
Laura Young, Silver Weihnachtsmann

Kapitel 1

Ein schriller Schrei durchdrang die Empfangshalle und erregte meine Aufmerksamkeit. Ich drehte mich auf dem Absatz um und rutschte fast aus, als ein kleines Mädchen aus der Lodge stürmte und über die Schwelle sprang wie eine furchtlose Bergsteigerin. Meine Augen blieben auf sie gerichtet, während ich ihre winzigen Beine bewunderte, die über den schneebedeckten Boden flitzten, bis sie auf eine Eisplatte traf und das Gleichgewicht verlor. Ich sprang nach vorne und hob sie in meine Arme, bevor sie auf den Boden aufschlagen konnte. „Hoppla, Kleine! Das war knapp." Ich hielt sie fest in meinen Armen, direkt über meiner Hüfte, so wie ich es bei Müttern gesehen hatte.

Ihr dunkles, welliges Haar wehte in der sanften Brise, und sie blickte zu mir auf. Ihre braunen Augen weiteten sich, als sie mein Outfit betrachtete. „Du bist hübsch", lächelte sie. „Bist du eine von Santas Helferinnen?"

„Nein, aber ich gehöre zum Weihnachtsteam. Ich bin ein Nussknacker."

„Aus Herrn Tschaikowskis Geschichte?"

Sie sprach den Nachnamen fehlerfrei aus, und ich lehnte mich zurück.

„Genau. Woher kennst du Tschaikowski?"

„Ich hole Frau Silver", warf Allie ein. Wir arbeiteten als Sicherheitspersonal für die Familie Silver und ihre Gäste, aber mit meiner besten Freundin zusammenzuarbeiten fühlte sich nie wie ein Job an.

„Ich habe das Stück gesehen. Das Mädchen in der Geschichte freundet sich mit dem Nussknacker an, um gegen den bösen Mausekönig zu kämpfen."

Ich hatte die Geschichte ehrlich gesagt vergessen, bis sie sie erwähnte.

„Und läuft sie nach draußen und rutscht auf dem Eis aus?", kitzelte ich sie an den Rippen.

Sie kicherte.

„Nein. Wusstest du, dass sechsundfünfzig Prozent der Kinder auf Eis ausrutschen und hinfallen?", fragte sie.

„Das sind ziemlich große Zahlen für deine Größe. Wie alt bist du denn?"

Sie zog ihren Fäustling aus und spreizte alle ihre Finger. „Fünf", sagte sie.

Mein Herz zog sich zusammen.

„Kensi? Kensi, wo bist du?", rief Teresa Silver von drinnen.

Ich ging mit Kensi auf dem Arm nach drinnen.

Allie kehrte zu unserem Posten zurück.

„Da bist du ja. Kensi, du wirst noch krank, bevor der Weihnachtsmann kommt."

Kensi zappelte, um herunterzukommen, bevor sie ihre Großmutter ansprach: „Ich wollte den Schnee sehen. Und Papa kommt bald. Er hat einen Schneemann versprochen."

Frau Silver lächelte mit gütigen Augen.

„Papa bricht nie seine Versprechen, aber er wird nicht glücklich sein, wenn du dich erkältest. Vielen Dank, dass Sie sie gefunden haben, Frau ..."

„Laura Young."

„Ach ja, richtig. Willkommen in der Silver Lodge. Machen Sie es sich bequem, meine Damen. Ich muss diesem kleinen Muffin einen heißen Tee mit Zitrone und Honig besorgen, bevor sie sich erkältet."

Sie warf Kensi einen gespielt strengen Blick zu, und das kleine Mädchen kicherte.

„Vielen Dank für Ihre Gastfreundschaft."

Teresa Silver ging mit Kensi in Richtung Küche, und ich kehrte zu meinem Posten draußen zurück.

„Sie kommen", flüsterte ich Allie zu.

Mir gegenüber strahlte sie in ihrem Nussknacker-Outfit.

„Bleib mal still", ermahnte sie mich. „Ich hoffe, ich sehe nur halb so komisch aus wie du." Ihr schickes Nussknacker-Kostüm schmiegte sich perfekt an ihren Körper und betonte ihre Kurven.

„Du siehst aus wie ... ein Knacker", sagte ich.

Sie brachte mich zum Schweigen und musterte mich von unten bis oben. Sie traf meinen Blick und verzog ihr Gesicht wie ein Clown.

„Hör auf, mich zum Lachen zu bringen. Wir sollen unsichtbar sein."

„Viel Glück in diesem Kostüm."

Sie hatte Recht. Wir hätten genauso gut Neonschilder tragen können.

Acht Scheinwerferpaare durchschnitten die Dunkelheit und glänzten auf dem knackigen Schnee, der unter acht großen Fahrzeugen knirschte. Der Schnee war diesen Winter so hoch aufgetürmt, dass es ein Leichtes schien, eine Festung über der Stadt darunter zu errichten. Weiße Weihnachten mit einem Schneegestöber und kältegeröteten Nasen würden einen herrlichen Anblick bieten. Und nach Neujahr würde ich meinen Traumjob an der Seite meiner besten Freundin und Arbeitspartnerin beginnen, also konnte das Leben nicht besser sein.

Die kugelsicheren SUVs krochen um die Kurve und parkten am Straßenrand.

Das leise Summen der Elektromotoren hallte durch die Luft.

Als der achte schwarze SUV am Bordstein hielt und die erste Tür sich öffnete, griffen Allie und ich jeweils einen Türgriff am Eingang der Lodge und traten zurück. Fröhliche Weihnachtsmusik schallte durch die Eingangshalle. Aufwendige Dekorationen in Rot, Grün und Silber sowie funkelnde Lichter, die in eleganten Mustern aufgehängt waren, verbreiteten einen warmen und einladenden Schein. Der vertraute Duft von Gucci wehte durch die Luft und weckte eine ferne Erinnerung an frühere Besuche. Ich war als Kind schon einmal hier gewesen.

Meine Eltern hatten für Privatunterricht und die beste Ausrüstung, die man für Geld kaufen konnte, gesorgt, sodass das Skifahren ein Kinderspiel war. Dieser Sicherheitsjob, den sie für mich arrangiert hatten, bevor ich zur Polizei ging, war nicht nur ein Versuch, den Frieden zu wahren, sondern auch ein Schritt in Richtung vollständiger Unabhängigkeit.

Als ich vor zwei Jahren aus ihrem Haus auszog, waren sie verärgert; sie dachten, ich hätte wie sie Ärztin werden sollen, anstatt einen so gefährlichen Beruf zu wählen. Doch hier war ich nun, in diesem prächtigen Resort, umgeben von Opulenz, die die Hotels, in denen wir während meiner Kindheit übernachteten, bei Weitem übertraf. Obwohl Cindy und Karl Young wohlhabend waren, kam keines der Hotels, die wir besuchten, auch nur annähernd an das Niveau dieses luxuriösen Resorts heran. Meine Eltern mögen reich sein, aber es gibt einen deutlichen Unterschied zwischen einem Millionär und einem Milliardär.

„Benimm dich heute Abend", murmelte Allie leise.

„Wann benehme ich mich denn mal daneben?", fragte ich und zwang mich zu einem tiefen Atemzug. Ich straffte die Schultern und nahm meine Position ein. Wir hatten noch zwei Stunden Sicherheitsdienst vor uns.

Der erste Junggeselle stieg aus einem Fahrzeug und hielt die hintere Tür auf. Seine breiten Schultern füllten den Baumwoll-Rollkragenpullover aus, jeder schwellende Bizeps war unter dem Stoff sichtbar. Ich musterte seine eng anliegende schwarze Jeans und einen atemberaubenden, straffen Hintern. Colorado hatte sich noch nie von seiner schönsten Seite gezeigt.

„Psst, Laura!", flüsterte Allie, und meine Wirbelsäule schnappte in ihre ursprüngliche Position zurück.

Mein Herz hämmerte in meiner Brust, und ich drehte mich, um sein Spiegelbild in der Glastür zu sehen, die Allie ruhig hielt.

Ein weiterer Junggeselle half einer Frau aus dem Auto, ihre Hand umklammerte seinen Arm. Ganz in Weiß gekleidet, hielt sie sich an seinem Ellbogen fest und wartete mit erhobenem Kinn. Die pelzige Schneejacke, weiße Leggings und Wookie-Stiefel, obwohl unpassend, betonten ihre Figur. Ihr rabenschwarzes Haar fiel in glatten Strähnen über den Pelz. Eine weitere Frau stieg aus dem Auto. Sie war eine blonde Zwillingsschwester der ersten, aber ihr genaues Gegenteil. Ihre schwarze Jacke, hautenge Lederhose und schwarzen Wookie-Stiefel bildeten einen Kontrast zu ihrer Schwester. Sie hielten jeweils einen seiner Arme, während er sie langsam durch den frisch fallenden Schnee führte. Es sah aus wie eine Szene aus einem Film, und ich konnte nicht aufhören zu starren. Schon wieder. Die übrigen Silver-Männer verließen die Fahrzeuge, einige mit Partnern, andere allein, als der erste Mann, der auf den Eingang zuging, sich umdrehte und rief: „Beeilt euch doch! Wir sind ja sowieso schon spät dran."

Der Klang seiner tiefen Stimme jagte mir einen Schauer über den Rücken, und als er auf das Gebäude zuging, nahm ich seine harten Lippen, die gemeißelten Wangenknochen und den sorgfältig gestutzten Bart wahr, die ihm ein James-Bond-Aussehen verliehen. Er schob die Aviator-Sonnenbrille auf seinen Kopf. Ich starrte. Wunderschön, sein Gesicht. Und diese hellblauen Augen! Sie schienen direkt in meine Seele zu blicken. Nervöses Flattern erfüllte meinen Magen, je näher er kam.

Allie muss mein Unbehagen gespürt haben, denn sie bewegte die Tür und schnitt die Reflexion ab.

„Reiß dich zusammen, Laura. Und. Sei. Still", formte sie lautlos mit den Lippen.

Richtig.

Wir hatten Verträge und Vereinbarungen unterzeichnet, keine Details über diese Veranstaltung und die Teilnehmer preiszugeben.

Drei wohlhabende Familien, jede mit mehreren Kindern und Enkeln, waren für die Feiertage angereist – alle nun Teil von Silver Securities, et al. Sie bildeten das prestigeträchtige Unternehmen der besten Privatdetektive, Leibwächter und Anwälte des Landes.

Die Gruppe schlenderte vom Auto zum Eingang mit einer Anmut, Eleganz und Raffinesse, die ihnen gebührte. Die Zwillinge strahlten all den Reichtum aus, den die Silvers besaßen, außer dass er nicht ihrer war. Geld war jedoch nicht alles. Die Silver-Brüder hatten Klasse und Stil und gerade genug Arroganz, um damit anzugeben. Der Duft teuren Parfüms erfüllte die Luft, umhüllte uns und zog mich in ihre Aura.

Das starke Profil des Anführers war makellos - ein markantes Kinn, sanfter grauer Stoppelbart und eine silberne Strähne in seinem Haar. Er sah nicht aus wie mein Typ. Tatsächlich sah er aus wie jedermanns Typ. Der Typ, dem man einfach nicht widerstehen konnte.

Der Empfangschef trat hervor, um die Gruppe zu begrüßen.

„Guten Abend, Mr. Silver. Ihre Suiten sind alle bereit."

„Danke, George. Wie ist die Vorhersage?"

„Neuschnee letzte Nacht und strahlender Himmel morgen."

Er runzelte die Stirn, als ob er weder von frischem Schnee noch von sonnigen Tagen begeistert wäre. Ich überlegte, was das bedeuten könnte. Vielleicht war er doch jemand, von dem ich mich fernhalten sollte. Außerdem war er mindestens anderthalb Jahrzehnte älter als ich, und ich war im Dienst. Mr. Silver war alles, was ich nicht brauchte.

„Nochmals danke, George."

Ich nahm an, er würde hineingehen, aber er wandte seinen Kopf zu mir. Mir stockte der Atem.

„Nussknacker?" Er neigte seinen Kopf, also zuckte ich nur mit den Schultern.

Arsch! Laut Vertrag durfte ich nicht mit den Silvers oder ihren Gästen sprechen, und nach dem Grinsen auf seinem Gesicht zu urteilen, wusste er das.

Er schüttelte den Kopf und wandte sich den anderen am Bordstein zu, rief: „Wer hat Hunter für die Dekoration verantwortlich gemacht?"

Und ohne nachzudenken, platzte ich heraus: „Sie sind innen wunderschön."

Die Worte kamen heraus, bevor ich sie aufhalten konnte, und meine Hand flog vor Bedauern zu meinem Mund. Er konzentrierte sich auf mein Gesicht, und mein Herz sank – bis ich seine sich kräuselnde Lippe bemerkte. Die silberne Haarsträhne, die ihm gerade über die Augenbraue fiel, vervollständigte seinen Ich-würde-dich-ficken-wenn-ich-wollte-Look. Meine Knie wurden weich.

„Es tut mir leid", flüsterte ich und presste meine Lippen zu einer dünnen Linie zusammen.

„Schon gut." Sein Mundwinkel hob sich. Glücklicherweise näherten sich seine anderen, ebenso gutaussehenden Brüder und Cousins, um ihn abzulenken.

Der Typ mit den Zwillingen ließ sie abrupt los und rannte nach vorne, rutschte mit seinen Schuhen und kam neben uns zum Stehen. Er war eine jüngere Version des Mannes, den ich gerade beleidigt hatte, und ich konnte erkennen, dass er der Mittelpunkt dieser Weihnachtsfeier sein würde. Er klopfte dem, den ich für seinen älteren Bruder hielt, auf den Rücken. „Du kannst mir gerne nächstes Jahr die Last von den Schultern nehmen, James."

James. James Silver. Nicht gerade Bond, aber trotzdem ein beeindruckender Name.

Meine Aufmerksamkeit flog zurück zu den Zwillingen, die auf Zehenspitzen durch den Schnee in ihren unpraktischen, hochhackigen Wookie-Stiefeln staksten und zielstrebig auf Hunter und James zusteuerten. Kichernd ergriffen sie jeweils einen ihrer Arme mit einem Quietschen. James seufzte, und widerwillig gingen er und die Silvers hinein, direkt zum Empfangstisch mit Eierpunsch, Tee und anderen Getränken. Ich ließ den Atem los, den ich angehalten hatte. Was zum Teufel ging hier vor?

„Noch zwanzig Minuten, dann haben wir's geschafft." Allie schloss die Haustür.

Wir warteten, bis der Hotelpager das Gepäck fertig ausgeladen hatte, bevor wir ihm die Tür wieder öffneten. In der nächsten Stunde luden sie einen Wagen voller Koffer nach dem anderen aus. Die Autos fuhren weg, und wir gingen um das Gebäude herum, um nach Bedrohungen zu suchen. Wir waren mitten in den Bergen Colorados. Die einzigen Bedrohungen hier waren Berglöwen und Bären. Und zwei Nussknacker. Meine Uhr piepste und zeigte die letzten fünfzehn Minuten unserer Schicht an.

„Ich kann nicht glauben, dass deine Eltern die Silvers kennen." Allie trat von einem Fuß auf den anderen, um sich aufzuwärmen.

„Und ich glaub's ja nicht, dass sie uns diesen Job erst zwölf Stunden vorher angeboten haben." Mein Atem hinterließ eine Spur in der Luft, und ich rieb meine Fäustlinge aneinander. Die Temperatur war seit einer Stunde um ein paar Grad gefallen.

„Manchmal bin ich so froh, dass deine Eltern Millionäre sind."

„Es ist nicht so luxuriös, wie es klingt. Mehr Geld bedeutet mehr Probleme und weniger Zeit. Außerdem besitzen die reichsten ein Prozent die Hälfte des weltweiten Vermögens. Meine Eltern sind im Vergleich zu den Silvers unbedeutend."

„Sie haben uns trotzdem diesen Job besorgt."

„Stimmt." Trotz unseres Zerwürfnisses hatten meine Eltern versucht, wieder Kontakt aufzunehmen, aber ich war noch nicht bereit, ihnen zu vergeben. Mir diesen Job zu verschaffen, war ihre Art, auf mich zuzugehen. Aber die Narben, die sie meinem Körper und meinem Herzen zugefügt hatten, waren so tief, dass ich noch nicht bereit war zu vergeben. Ich wusste, ich würde es nie vergessen. Aber sie waren immer noch meine Eltern. Und sie versuchten es, also musste das etwas zählen.

Allie blickte durch ein seitliches Lobbyfenster. „Gerüchten zufolge war Silver Securities mit einem ihrer Partner uneinig, also scheint es, als hätten alle Probleme. Sogar Milliardäre."

„Solange wir bezahlt werden, ist mir das alles egal."

Wir gingen um das Gebäude herum und zurück zur Vordertür, um nach Fußspuren zu suchen. Es gab keine, aber der ständige Schneefall bedeckte die Spuren innerhalb von Sekunden.

„Skifahren sollte morgen Spaß machen." Allie kickte einen Schneehaufen hoch und formte ihn zu einem Ball.

„Ich weiß. Ich kann es kaum erwarten."

„Was machst du mit den zweitausend Euro, die du verdienst?", fragte sie.

Ich hatte die Vor- und Nachteile meiner aktuellen Situation oft abgewogen: meine Kreditkarte abbezahlen oder für ein neues Auto sparen. Es war eine Weile her, dass ich mir ein neues Paar Absatzschuhe gegönnt hatte, und die Vorstellung, ein glänzendes neues Spielzeug und Schuhe zu haben, ließ einen Funken in meiner Brust aufleuchten.

„Ich bin mir nicht sicher. Ich werde etwas sparen und etwas ausgeben. Vielleicht sollte ich den Weihnachtsmann nach dem Auto fragen, das ich brauche. Was ist mit dir?"

Allie grinste von einem Ohr zum anderen. „Ich interessiere mich mehr für die Informationen, die ich von den Silvers bekommen kann. Es ist Zeit, den Weg zu meinem Glück auszuloten. Tristan ist derjenige, der die Gruppe anführt, also fange ich ganz oben an."

Ich seufzte und schüttelte den Kopf.

Allie hatte nicht die Absicht, das Glück im Bett eines Milliardärs zu finden. Sie hatte zu viele Mauern aufgebaut, als dass das passieren könnte. Sie brauchte das Geld, aber das war auch nicht das, was sie am meisten begehrte. Allie wollte Sicherheit, Informationen und Rache. Und wenn ich meine beste Freundin kannte, würde sie das alles bekommen. Ab Januar würde ich an der Seite dieser knallharten Frau bei der Polizei arbeiten.

„Ich kann es kaum erwarten, dieses Kostüm auszuziehen und in einem Schaumbad zu entspannen."

„Du badest und ich schwitze. Ich höre die Sauna nach mir rufen." Sie zuckte vor Schmerz zusammen.

„Macht dir dein Bauch immer noch Probleme?", fragte ich.

Sie war den ganzen Tag zur Toilette gerannt.

„Ich glaube, es sind die Chicken Nuggets von gestern Abend."

„Immer noch?"

Ihr Gesicht verzog sich vor Schmerz.

„Gut, dass ich bei meinem edlen gegrillten Käse geblieben bin."

Ich konnte nicht widerstehen, das Brie-Gericht zu bestellen, das mein Kindermädchen früher zubereitet hatte. Meine Schwäche bewahrte mich vor dem Virus, mit dem Allie zu kämpfen hatte – ihre rosigen Wangen, die von der nächtlichen Kälte geküsst waren, wurden schnell aschfahl.

„Warum nimmst du es heute Abend nicht etwas ruhiger an?"

Sie warf mir einen Blick zu, der töten konnte.

„Ich kann es nicht ruhig angehen. Das ist die Chance, auf die ich gewartet habe. Glaubst du, es ist Zufall, dass wir diesen Job bekommen haben?" Sie richtete sich auf, offensichtlich gegen den Schmerz ankämpfend. „Es ist Schicksal. Lass uns mal umziehen und uns unter die Leute mischen. Ich glaube, Tequila würde helfen."

Ich zuckte bei der Erwähnung zusammen. Allie und ihr verdammter Tequila! Sie trank normalerweise nicht viel Alkohol, aber wenn sie es tat, war es ein Kampf. Sie hatte einen guten Grund, ihre Sorgen von Zeit zu Zeit zu ertränken. Ich würde täglich trinken, wenn ein Stalker hinter mir und meiner Mutter her wäre.

„Was ist aus dem Plan geworden, heute Abend ein niedriges Profil zu bewahren?", äffte ich ihre Worte in einem wenig überzeugenden Falsett nach, was sie zum Lachen brachte. Unsere Mäntel fanden ihren Platz in der Garderobe. Links ging's, weg von der Menge.

„Tequila wird mich sicher präsentabler machen, meinst du nicht?", massierte sie ihre Hand über ihren Bauch. „Und wir sind offiziell außer Dienst, also können wir auch alle Vorteile genießen. Argh!" Sie griff sich an den Bauch und krümmte sich.

„Der einzige Vorteil, den du heute Abend genießen wirst, ist ein bequemes Bett."

Ich hob sie unter ihrem Arm hoch und führte sie zum Treppenhaus. Im Nachhinein betrachtet hätten wir den Aufzug nehmen sollen, aber ich wollte nicht riskieren, jemandem in unseren albernen Outfits zu begegnen. Die Holzstufen knarrten, und die Anzahl der Stufen schien sich zu verdoppeln, als wir zurückblickten. Wir hatten den Treppenabsatz im zweiten Stock erreicht, als ein tiefes Lachen aus dem Flur ertönte.

„Warte mal."

Ich spähte durch den Türspalt.

Da stand er, groß und schlank, und stützte seinen Arm gegen eine Wand in der Nähe des blonden Zwillings. Die andere kramte in ihrer Handtasche, auf der Suche nach etwas. Sein weißes Hemd spannte sich über seinen Körper und betonte seine breiten Schultern. Er hatte eine maßgeschneiderte Hose angezogen, die sich um seinen straffen Hintern schmiegte.

An der Wand lehnte James Silver. Rücken gerade, Arm lässig an der Seite. Er gehörte hierher. Nein, er gehörte überall hin. Er wartete nicht auf Gelegenheiten. Er schuf sie. James scrollte durch sein Handy, während die Blonde die Führung übernahm und mit ihren Schlüsselkarten hantierte. Sie versuchte, an der

Tür zu klopfen, als ob das helfen würde. Ihre Schwester schob schließlich die Tür mit einem Freudenschrei auf.

„Ach, komm schon, Cece. Lass uns mal die Wanne füllen." Das hellhaarige Mädchen ergriff die Hand ihrer Zwillingsschwester.

„Viel Spaß, meine Damen. Hunter ist auf dem Weg nach oben", rief James ihnen nach.

„Nein, nein", jammerte sie. „Du kommst mit uns, James." Sie zog an seinem Arm.

Er löste ihre Finger von seinem Arm. „Es tut mir leid, aber es war eine lange Reise. Ich verspreche, mein jüngerer Bruder wird bald hier sein."

Er zog die Tür langsam vor ihrem Gesicht zu und wandte sich den Aufzügen zu.

Allie starrte mit offenem Mund. „Er hat die Zwillinge stehen lassen? Das ist beeindruckend."

„Ich bin nicht darauf aus, beeindruckt zu sein", sagte ich.

„Wonach suchst du dann?", fragte sie, als sie die Tür zum Treppenhaus öffnete.

„Ich will doch bloß entspannen und Ski fahren", sagte ich lauter als beabsichtigt, und er hörte mich. Er hielt inne, drehte sich in unsere Richtung, und unsere Blicke trafen sich. Ich hielt seinem Blick stand, bis er ihn abwandte und im Aufzug verschwand.

„Männer wie er wissen, was sie wollen", flüsterte ich zu niemandem.

Als sich die Aufzugtür schloss, entfuhr Allie ein Geräusch, das man seinem schlimmsten Feind nicht wünschen würde. Doch hier war sie, zusammengeklappt, und gab einen Laut von sich wie Fingernägel auf einer Tafel, tausendfach verstärkt.

Der schrille Schrei ließ mich zusammenzucken. „Wir sollten einen Arzt holen."

Ich half ihr aufzustehen.

„Nicht nötig. Ich werde okay sein. Ich muss mich nur ausruhen."

„Ich weiß, dein Blinddarm ist weg ..."

„Ich habe schon gesagt – es sind diese Nuggets in mir, die raus müssen. Und ich glaube, sie kommen gerade raus."

Sie stöhnte, als würde sie sterben, schaffte es aber rechtzeitig zur Toilette. Ich hielt ihre Haare, während sie sich übergab, half ihr dann unter die Dusche und anschließend in ihren Schlafanzug.

„Lass mich dir etwas Tee holen. Bleib hier, okay?"

„Na ja, vielleicht später." Ihre Stimme war schwach und ihre Lippen blass. Ich fuhr mit den Fingern durch ihr Haar und prüfte ihre brennende Stirn. Ein paar Atemzüge später war sie fest eingeschlafen. Ich holte einen Eisbeutel aus dem kleinen Kühlschrank in unserem Zimmer, wickelte ihn in ein Handtuch und legte ihn vorsichtig auf ihre Stirn. Ich deckte sie zu, streifte mein Nussknacker-Kostüm ab, zog ein Kleid an und machte mich auf den Weg, um Tee zu finden, aber als ich die Tür öffnete, stieß ich gegen eine feste Brust.

Kapitel 2

James

Ihr betörender Duft umhüllte mich, kurz bevor sie gegen meine Brust prallte. Sie machte einen Schritt zurück, ihre rehbraunen Augen wirkten für einen Moment verloren. Mir wurde klar, dass ich zu nah gestanden hatte und hätte zurückweichen sollen, aber jetzt, da wir hier waren, würde ich jede Sekunde auskosten, in der ihr Körper in meiner Nähe war.

„Es tut mir leid. Ich habe Sie nicht gesehen." Ihre sanfte Stimme summte, und ihre Wangen nahmen einen zarten Rosaton an.

Lauschen lag nicht in meiner Natur, aber der Nussknacker war weitaus interessanter als die Zwillinge. Hunter hatte die Escort-Damen engagiert und mich so gezwungen, auf Frauen aufzupassen, die nur aus einem Grund – oder vielleicht zwei – in die Lodge gekommen waren: mein Schwanz und kostenloses Skifahren.

„Schon okay. Ich hab' einen Schrei gehört." Meine Augen wanderten zu den schwachen Geräuschen von jemandem in Not. „Ist da drinnen alles in Ordnung?"

„Nicht wirklich. Meiner Freundin geht es nicht gut." Sie schaute über ihre Schulter zurück. „Sie hat den ganzen Tag schon Magenprobleme, und heute Abend ist es schlimmer geworden."

„Was kann ich tun, um zu helfen? Wir können einen Arzt rufen."

„Sie muss sich ausruhen, und ich bin auf dem Weg, um Tee zu holen."

„Ich rufe den Zimmerservice an."

Ich griff nach meinem Handy, aber sie hielt mich mit einer Hand an meinem Handgelenk auf. Die Berührung ihrer zarten, eisigen Finger auf meiner Haut alarmierte meine Sinne, und mein Körper regte sich. Sie nickte dankbar, bevor sie schnell ihre Hand wegzog.

„Kein Grund, das Personal an Weihnachten zu stören. Ich kann es selbst holen."

Ihre unnachgiebigen Augen sagten mir, dass es sinnlos wäre zu argumentieren. Stattdessen nickte ich und berührte dann sanft ihren unteren Rücken, um sie den Flur entlang zu führen, bevor sie ihre Meinung änderte.

Die Aufzugtür öffnete sich, aber sie hielt mich mit einer Frage auf. „Was haben Sie schon wieder in der Nähe meines Zimmers gemacht?"

„Ich hörte ein schmerzvolles Stöhnen und war besorgt." Die Halbwahrheit brannte in meiner Kehle. Ich war besorgt, aber ich wollte auch den Nussknacker wiedersehen.

„Das war Allie", antwortete sie, zufrieden mit meiner Lüge.

Die Wahrheit ist, ich hätte sowieso an die Tür des Nussknackers geklopft. Sie hatte mich vom ersten Moment an fasziniert. Ich konnte es nicht genau benennen, aber es fühlte sich an, als hätten wir uns schon einmal getroffen.

„Lass uns ihr den Tee holen. Ich kenne die perfekte Mischung." Ich drückte den Knopf für das Erdgeschoss. „Das Letzte, was wir wollen, ist, dass sie an Weihnachten leidet."

Mein Gesichtsausdruck wurde weicher, und ihre Schultern entspannten sich.

„Sie wissen nicht, was ihr fehlt?"

„Nein, sie erwähnte Nuggets von gestern Abend und Lebensmittelvergiftung."

Meine Nasenflügel bebten. Unbewusst lockerte ich meinen Kragen und knackte mit den Knöcheln. Eine Lebensmittelvergiftung in dieser Lodge war inakzeptabel. Der Aufzug klingelte und öffnete seine Türen.

„Ich habe das perfekte Heilmittel für alles, was ihr fehlen könnte. Und wenn es ihr schlechter geht, rufen wir einen Arzt." Ich trat in den weihnachtlich dekorierten Aufzug und bedeutete ihr, mir zu folgen. Der Klang festlicher Glöckchen ertönte über die Lautsprecher.

Verdammte Lebensmittelvergiftung?

„Was ist los? Mögen Sie keine Weihnachtsdekoration?"

Ich sah das Spiegelbild meines Ärgers in der verspiegelten Wand.

„Nein, das ist es nicht. Ich mag kein verdorbenes Essen in meinem Resort, und ich mag es nicht, wenn Ihre Freundin krank wird. Jetzt lassen Sie uns den Tee holen und Sie zurückbringen, damit Sie Ihren Abend mit mir genießen können."

Ihr stockte erneut der Atem. „Das war geschmeidig."

Ich zwinkerte ihr zu. „Danke, ich geb' mir alle Mühe für dich."

Der Aufzug klingelte, und die Türen öffneten sich. Ich ging neben ihr zur Lounge und bestellte eine Silver-Notfallmischung, bevor ich sie zu den gepolsterten Sitzen nahe dem Kamin führte. Laura blickte sich nervös um.

„Was ist mit Ihrer Tochter? Wird sie sich nicht fragen, wo Sie sind?" Ihre Augen leuchteten vor Neugier.

Ich schüttelte den Kopf als Antwort. „Tochter?" Ich hatte Kensi nie erwähnt.

„Die in der flauschigen Jacke und den Wookiee-Stiefeln - Sie wissen schon, wie in Star Wars." Sie schenkte mir ein unschuldiges Lächeln, und ich lachte amüsiert.

„Ich wusste gar nicht, dass du nebenbei als Komikerin arbeitest, Laura."

Sie lachte. „Entschuldigung. Das war ziemlich unhöflich von mir. Beide Zwillinge sahen aus wie Ihr Typ."

Ich lachte noch lauter; Cece und Candy waren überhaupt nicht mein Typ. Mein Leben bestand aus meiner Familie, Gesundheit und Arbeit, was keinen Platz für eine Partnerin ließ.

„Sie könnte leicht Ihre Tochter sein." Sie neigte sich zur Seite, schlug ein Bein über das andere und lehnte sich in ihrem Stuhl zurück. Meine Augen folgten der Länge ihrer wohlgeformten Beine. Das Kleid schmeichelte ihrer Figur.

Ich musterte sie und hob eine Augenbraue. „Wie alt sind Sie?"

„Dreiundzwanzig."

Ich ertappte sie dabei, wie sie auf die silberne Strähne in meinem Haar starrte – ein genetisches Merkmal, das ich und meine Brüder seit der Geburt teilen – die auf mein wahres Alter hindeutete. Der leichte Stoppelbart an meinem Kinn half auch nicht gerade.

„Wie alt sind Sie?" Sie biss sich auf die Lippe und fügte hastig hinzu: „Ich habe Ihnen meins gesagt, also ist es nur fair-"

„Vierunddreißig."

Ihre Lippen formten ein perfektes ‚O', was mich dazu brachte, uns in einer anderen Position vorzustellen. Allein. Am Kamin. Sie auf ihren Knien mit ihrem wunderschönen Mund weit geöffnet, zu mir aufblickend.

Laura musterte mich, bevor ihr Blick zu meinem Schritt zurückkehrte, wo ich hart war. Wie könnte ich es nicht sein? Sie war alles, was sich ein Mann wünschen konnte.

Ich beobachtete, wie sie versuchte zu schlucken. „Das ist nicht alt."

„Ich bin froh, dass du das so siehst, aber ich kann mir trotzdem nicht vorstellen, dass du auf Streife gehst. Du bist jung, und Erfahrung braucht Zeit. Bilden sie euch überhaupt für die echte Welt aus?"

Sie lachte und winkte ab. „Nein, die lassen uns einfach wild rumrennen." Als sie sich jedoch auf die Lippe biss und tief Luft holte, konnte ich erkennen, dass sie mich auf den Arm nahm.

„Ich hoffe, du machst Witze."

„Keine Sorge, Herr Silver, diese Nussknackerin weiß, was sie tut. Und sie kann Sie vor allem beschützen, was hinter dieser Vordertür lauert."

„Du zeigst auf die Hintertür."

Ihr Kopf schnellte in diese Richtung, und wir lachten beide laut los.

„Warum willst du Polizistin werden?", fragte ich.

„Es ist ein rebellischer Akt gegen meine Eltern, die Ärzte sind. Sie sind nicht erfreut, dass das Gesundheitswesen nicht meine Berufung war, aber sie bemühen sich. Es war nicht einfach ..."

Sie verstummte. Ein abwesender Blick huschte über ihr Gesicht. Ich wollte mehr über ihre Eltern fragen, aber ein Jubel ertönte von der Bar, und sie schreckte aus ihrer Benommenheit auf, klebte sich ein Lächeln ins Gesicht.

„Also, jetzt, wo wir festgestellt haben, dass du keine Zwillingstöchter hast, gibt es eine Ehefrau?"

Ein herzhaftes Lachen entfuhr mir, als ich ihren Blick erwiderte und die Frage, die ich ihr stellen wollte, beiseiteschob. Stattdessen beugte ich mich vor und hörte meine Brust vibrieren. „Lass uns eins klarstellen. Ich würde meine Frau niemals mit irgendwelchen Zwillingen oder Drillingen betrügen. Also nein, ich bin mit niemandem zusammen."

„Nur One-Night-Stands?", fragte sie.

„Bietest du einen an?"

„Würdest du ihn annehmen?"

Ich lehnte mich zurück.

„Ein dummer Mann würde es nicht tun."

Das schien ihr zu gefallen. Ihre großen braunen Augen weiteten sich und spiegelten die Weihnachtslichter um uns herum wider.

„Du siehst süß aus, wenn du kämpferisch bist, aber das wird dir bei der Polizei nicht gut bekommen."

„Warum ist das so?"

„Kriminelle werden dich in der Luft zerreißen."

„Ich wusste nicht, dass Sie Hintergrundchecks bei Nussknackern durchführen … Ich schätze, so wissen Sie, dass ich zur Polizei gehe."

„Wir überprüfen alle Nüsse da draußen."

„Oh, wie überaus interessant."

Gelächter und Gespräche drangen durch den Raum, wo meine Geschwister und Cousins an der Bar plauderten. Hunter saß zwischen zwei Damen und unterhielt sich fröhlich mit Scar und Cash, meinen jüngeren Brüdern. Ich sah zu meiner Gesellschaft und grinste von Ohr zu Ohr. Laura war unvergleichlich mit Cece und Candy.

„Du hast einen Fan auf der anderen Seite." Laura zeigte auf einen Sitzbereich in der Nähe des Weihnachtsbaums.

Ich blickte zum zweiseitigen Kamin hinüber und entdeckte Emma, die uns verstohlene Blicke zuwarf, während sie an ihrer heißen Schokolade nippte.

„Das ist meine kleine Cousine Emma, mit meinen Eltern, Tante und Onkel."

Laura zog ihre Schultern ein.

„Ich liebe Familienweihnachten."

„Und trotzdem bist du hier bei der Arbeit."

„Ich bin hier, weil ich das Geld brauche."

„Verständlich. Hoffentlich findest du Zeit, die Pisten zu genießen."

„Das hängt davon ab, ob meine Skipartnerin wieder gesund wird. Ich muss zugeben, dass eine Berghütte in der Nähe einer Skipiste ihre Vorteile hat. Meine Eltern haben mich als Kind ein paarmal hierher mitgenommen, aber es ist schon eine Weile her, seit ich Ski gefahren bin."

„Wo bist du vorher Ski gefahren?"

Sie schenkte mir ein breites Lächeln, biss sich dann aber auf die Lippe. „Skiausflüge nach Vermont sind nicht so aufregend wie das, was ich für morgen erwarte", sagte sie, „aber ich kann Allie nicht allein lassen. Vielleicht hilft der Tee."

Sie rutschte unruhig auf ihrem Sitz hin und her.

„Fühlst du dich unwohl?", fragte ich.

„Ich fühle mich hier fehl am Platz. Alle sind so gut gekleidet."

Die Paillettenkleider funkelten, und Juwelen glänzten. Axel Wagner paffte draußen eine Zigarre, und ihr schokoladiger Duft wehte herein, als sein Bruder Ace die Tür öffnete und sich zu ihm gesellte.

Ich beugte mich vor und flüsterte: „Du siehst atemberaubend aus."

Sie errötete.

„Das kommt dabei heraus, wenn man meinem jüngeren Bruder das Sagen lässt", erklärte ich und überprüfte die Teebestellung auf meiner Uhr. „Die Bibliothek ist ruhig. Wir holen den Tee auf dem Weg dorthin."

„Versuchst du, mit mir allein zu sein?"

Vielleicht. Wahrscheinlich. Ja.

Ich stützte meine Ellbogen auf die Knie und rückte näher. „Wie wäre es, wenn ich dir genau sage, was ich will, und du mir genau sagst, was du willst? Wir können alles andere dazwischen überspringen."

Sie hob eine Augenbraue. „Was steht hier zwischen den Zeilen? Ich möchte sichergehen, dass ich eine kluge Entscheidung treffe."

Ich hatte definitiv eine kluge Entscheidung getroffen, meinen Abend mit Laura Young zu verbringen. Mein neues Jahr brachte eine überwältigende Zukunft bei Silver Securities mit sich, und ich wollte einen erholsamen Urlaub... Also, warum nicht?

„Das Zeug dazwischen beinhaltet, dass ich dir sage, dass ich Single bin und ich dich gerne dieses Weihnachten kennenlernen würde. Keine Verpflichtungen – es sei denn, ich bin zu alt für dich."

Ihre Wangen erröteten. „Also... wäre ich eine Ablenkung von deiner Frau?", scherzte sie.

Ich kämpfte gegen den Drang an, mit den Augen zu rollen. Etwas an ihren Kommentaren wirkte kindisch, aber gleichzeitig seltsam charmant. Sie war eine Neckerin und wusste es nicht einmal. Aber ich war geduldig.

Ich nahm ihre Hand und hob ihre Handfläche an meine Lippen. „Lass uns noch mal von vorne anfangen", sagte ich und küsste ihren Handrücken.

„Fox Silver. Meine Freunde nennen mich James, aber das weißt du ja schon."

Ein kleines Vertrauen füllte ihre Augen. „Laura Young", sagte sie, während sie ihre Hand zurückzog. „Ich bin hier mit meiner Freundin. Sie ist krank. Aber das weißt du ja schon." Laura deutete irgendwo nach oben, bevor sie hinzufügte: „Tut mir leid wegen der Witze über Ehefrau und Freundin. Ich habe nicht jeden Tag die Gelegenheit, einen Milliardär aufzuziehen."

„Mach dir keine Sorgen. Das ist nicht das Schlimmste, was ich gehört habe. Der Tee ist wahrscheinlich fertig. Wir sollten gehen."

Ich half ihr auf. Sie hakte sich bei mir ein, als hätte sie schon jahrelang dorthin gehört. Wir gingen den Flur entlang in Richtung Küche.

„Du hast Fox Silver gesagt?"

„Ja, James ist der Spitzname, der hängen geblieben ist."

„Es passt zu dir. Wie James Bond." Wir beide lachten leise. „Aber Silver ist sexy. James Silver, clever und gerissen, diabolisch zwischen den Laken."

Ich zog eine Augenbraue hoch.

„Diabolisch?"

Sie wackelte suggestiv mit den Augenbrauen. „Du siehst aus wie jemand, der einen Fetisch hätte."

Sie lag nicht falsch. Ich hielt an, bevor wir die Küche erreichten. Ihre Wangen waren immer noch leicht rosa gefärbt und ihre Körpersprache einladend.

Ich lehnte mich näher zu ihr und hob meine Hand zu ihrer Brust, fuhr mit meinem Daumen ihre Luftröhre entlang, dann ihren Hals hinauf, bis sie mir erlaubte, ihren Kopf in meine Handfläche zu legen. Ich senkte mich zu ihrem Ohr, streifte mit meinen Lippen den Knorpel und flüsterte: „Du hast recht. Ich glaube, ich habe heute Abend einen neuen Fetisch entwickelt. Und ihr Name ist Laura."

Sie erschauderte, blieb dann still stehen. Ihr Körper spannte sich bei meinen Worten an, aber anstatt sich zurückzuziehen, kam sie näher. Ihr Atem streifte heiß meinen Hals, als sie zurückflüsterte: „Ich glaube, ich habe auch einen neuen Fetisch entwickelt..."

Ein Kellner kam mit der Notfall-Teebestellung. „Bringen Sie ihn bitte in Zimmer 209. Stellen Sie ihn auf den Couchtisch und stören Sie nicht."

„Ja, Mr. Silver."

Laura stand hastig auf. „Ich sollte nach Allie sehen."

Ich berührte sanft ihren Arm, damit sie sich wieder setzte. „Ich wusste, du würdest nicht gerne von dem Fetisch hören wollen."

Sie verschränkte die Arme vor der Brust.

„Sie ist meine Freundin. Ich muss nach ihr sehen."

„Sie ist bei einem Arzt."

„Was?"

„Julia ist eine Freundin der Familie und sie wird mich informieren, falls Allie Hilfe braucht."

Sie saß einen Moment lang still da.

„Danke, dass du das getan hast."

„Natürlich. Und da du jetzt frei bist, begleite mich ins Spa. Ich hatte eine Massage mit meiner... Tochter gebucht, aber da es schon nach ihrer Schlafenszeit ist, möchtest du stattdessen mitkommen?"

Ich griff nach ihrer Hand und führte sie zum Flur.

„Ist es nicht auch schon nach Ihrer Schlafenszeit, mein Herr?"

Ein Lachen brach aus meiner Lunge hervor.

„Das Tolle daran, älter zu werden, ist, dass man sich um so triviale Dinge wie alberne Schlafenszeiten keine Gedanken mehr machen muss", sagte ich, während ich leicht hinter ihr ging.

Meine Augen wanderten über ihre Kurven und tranken ihre geschmeidige Silhouette. Der Stoff ihres Kleides schmiegte sich wie eine zweite Haut an ihren Körper, und Rüschen fielen kaskadenartig das Mieder hinunter und erzeugten einen ätherischen Effekt. Ihr kastanienbraunes Haar schimmerte im Licht und umrahmte ihre Gesichtszüge. Ein Stich der Sehnsucht durchfuhr meine Brust, als ich diese Frau betrachtete.

„Na gut." Sie blieb stehen und hakte sich bei mir ein. „Ich möchte mich nicht mit dem anstecken, was Allie hat, und eine Massage klingt toll, aber ich muss trotzdem nach ihr sehen."

„Warte – teilt ihr euch ein Zimmer?", fragte ich.

„Natürlich. Wir sind schließlich die Nussknacker."

„Du kannst auf keinen Fall die Nacht dort verbringen. Das kommt nicht in Frage."

Ihre Schultern bebten vor Lachen. „Das ist unmöglich. Die Lodge ist voll, alle Zimmer sind belegt, und das Personal teilt sich die Quartiere. Außerdem ist eine Lebensmittelvergiftung nicht ansteckend, und Allie ist für mich wie Familie."

Mir wurde klar, dass es ein Kampf gegen Windmühlen wäre, sie zu überreden, und ich seufzte frustriert. Der Aufzug brachte uns in den zweiten Stock, und ich erinnerte mich an eine Szene aus dem Lieblingsschnulzenfilm meiner Mutter.

Die Szene, in der ein Mann eine Frau im Aufzug in die Ecke drängt. Mit einer Hand packt er ihr Handgelenk und pinnt es über ihrem Kopf fest, während er mit der anderen Hand nach ihr greift und mit seinem Daumen über ihre Unterlippe fährt. Sie erstarrt, die Augen geschlossen und die Brust hebend, während sie auf seinen nächsten Zug wartet. Ihr Keuchen geht in seinem Kuss unter, als er ihren Mund verschlingt.

Ich bin danach nie wieder in einen Raum geplatzt, in dem meine Mutter einen Schnulzenfilm schaute. Aber würde ich die Szene mit Laura nachspielen? Hier? Verdammt, ja.

Laura fuhr mit der Zunge über ihre Lippe und lenkte meine Aufmerksamkeit zurück auf ihr Gesicht. Die Halsschlagader an ihrem Hals pulsierte, und es schien, als könnte sie ihre Aufregung kaum zurückhalten, während wir nach oben fuhren. Als wir unsere Etage erreichten, eilte Laura zu ihrem Zimmer, während ich ihr die Ersatzmaske reichte, die ich in meiner Tasche aufbewahrte.

„Kein Kondom in der Tasche, Romeo?", witzelte sie.

„Ich bevorzuge das Gefühl von Haut an Haut."

Ein Hauch von Schock huschte über ihr Gesicht, aber sie fasste sich schnell wieder.

„Herpes ist auch nicht warm", sagte sie trocken.

Ich musste darüber lachen und schüttelte den Kopf. „Du hast doch hoffentlich kein Herpes, oder?"

„Nein, natürlich nicht!"

Erleichtert antwortete ich: „Gut. Dann haben wir kein Problem."

Sie setzte ihre Maske auf, bevor sie ihre Karte durchzog. Das Sensorpad neben der Tür piepste, und sie schaute über ihre Schulter zurück und sagte: „Warte hier."

Ich ignorierte ihren Rat und folgte ihr in die kleine Suite. Eine ausziehbare Couch war bereits geöffnet und die Laken zurückgeschlagen, wo Laura vermutlich schlafen wollte. Sie nahm den Tee vom Tisch und ging in Allies Zimmer. Ich stand in der Türöffnung und vergaß den Massagetermin, den ich nicht hatte, und das Treffen, das ich meinem Cousin versprochen hatte, um über einen neuen organisierten Verbrecherring zu sprechen. Laura war unterhaltsamer als jedes langweilige Meeting, in dem ich hätte festsitzen können.

„Wie geht es Allie?", fragte ich, als sie zurückkam.

„Sie hat etwas von dem Tee getrunken und ist wieder eingeschlafen. Brauche ich irgendetwas mitzunehmen?"

„Nein, du bist gut so. Fertig?"

Sie nickte.

Wir verließen das Zimmer, und sie folgte mir einen privaten Flur entlang, der direkt zum Spa führte.

„Ich wusste gar nicht, dass wir diesen Weg nehmen können."

„Ich komme schon hierher, seit ich noch zu jung war, um mit der Masseurin zu flirten." Ich zwinkerte, und sie schenkte mir ein amüsiertes Lächeln.

„Dieser Korridor ist nicht auf den Bauplänen."

„Das Spa ist ein neuerer Anbau mit einem natürlichen Wasserfall. Du hast die Baupläne überprüft?"

„Macht das nicht jeder?"

„Nein."

„Das habe ich von meinen überfürsorglichen und bevormundenden Eltern. Ich mag es, meine Umgebung zu kennen; du weißt schon, falls die Bösen angreifen."

Ich kratzte mich am Kinn. „Falls die Bösen angreifen? Du warst heute Abend ein echter Nussknacker."

Sie drehte sich um, als sie die letzte Stufe erreicht hatte, und stemmte die Hände in die Hüften.

„Manchmal versuche ich so zu tun, als wäre meine Arbeit wichtiger, als Türen für Milliardäre zu öffnen und" – ihr Blick fiel auf meinen Schritt – „Nüsse zu knacken."

„Autsch." Ich folgte ihr durch die nächste Tür.

„Also überprüfe ich Baupläne, nur für den Fall. Man weiß nie, wann man einen schnellen Ausgang braucht." Sie blieb am Glaseingang stehen. „Es ist geschlossen."

Ich gab einen Code auf meiner Uhr ein, und die Tür glitt auf. Dahinter lag eine Oase aus Grün mit dem Geräusch eines nahen Wasserfalls. Die Entwickler hatten die Spa-Lounge in eine bereits existierende Höhle gebaut.

Ich bedeutete ihr einzutreten, aber sie hielt mich auf und hielt ihren scharfen Blick auf mein Gesicht gerichtet. Ein Teil von mir wollte sie ins Spa zwingen, um sie zu beeindrucken, während ein anderer Teil verzweifelt darauf aus war, dass sie direkt neben mir blieb.

„Wenn du mich für eine Nacktmassage weichkochst, dann könnte heute dein Glückstag sein, Herr Silver."

„Ich verspreche, ich werde mich daran erinnern."

„Geben Sie Frauen oft Versprechen, Herr Silver?"

Die Art, wie mein Name von ihrer Zunge rollte, ließ mich ihr mehr als die Welt versprechen wollen. Ich würde ihr das Universum geben. Alles, was sie wollte, um an meiner Seite zu bleiben, alles, wonach sie sich sehnte – ich würde es möglich machen.

„Nur den wichtigen", sagte ich.

Kapitel 3

Laura

Er schob mich sanft in den Spa-Bereich und lenkte meine Aufmerksamkeit auf eine Höhle, die vom Mondlicht, das durch eine Öffnung oben hereinfiel, in ein bläuliches Licht getaucht war.

Als eine Wolke aus Hitze und Dampf meinen Körper traf, legte James seine Hand auf meinen unteren Rücken und führte mich vorwärts. Das tat er oft, und es gefiel mir.

Das üppige Paradies war voller exotischer Pflanzen und Blumen in reichen Farben und Düften. Ein Berg aus zackigen Felsen ragte über dem Blattwerk auf, seine Oberfläche durchzogen von uralten Ranken und Bäumen. Die Luft war erfüllt vom Duft feuchten Mooses, reicher Erde und erdiger Vegetation, vermischt mit dem süßen Geruch blühender Blumen. In regelmäßigen Abständen brachte die Frische der kühlen Luft, die von draußen hereinwehte, das Bewusstsein für die magische Umgebung zurück. Der Klang fließenden Wassers hallte von den Höhlenwänden wider wie ein Wasserfall, aber ich konnte keinen sehen.

„Das ist wirklich beeindruckend." Ich drehte mich zu ihm um.

James grinste von einem Ohr zum anderen.

„Bringst du all deine Dates in dieses Paradies?"

„Du bist die Erste."

Er sprach mit solcher Überzeugung, dass jedes Wort wie ein Versprechen klang, und ich sehnte mich danach, ihm zu vertrauen. Mit leiser Beharrlichkeit flüsterte er: „Ich habe noch nie jemanden hierher gebracht." Wenn er weiterhin solche Dinge sagte, wäre ich vielleicht töricht genug, ihm zu glauben.

„Komm, ich möchte dir etwas zeigen." Er nahm meine Hand.

Ich hatte noch nie zuvor die Hand eines Mannes auf diese Weise gehalten. Es war anders. Seine großen, rauen Finger verschränkten sich mit meinen und umschlossen meine kleine Hand in seiner Wärme. Seine Kraft und zugleich Zärtlichkeit umhüllten mich wie eine nie endende Umarmung. Es fühlte sich ungewohnt an: als würde ich einen Teil meiner Unabhängigkeit abgeben, aber gleichzeitig ein enormes Gefühl von ... Zugehörigkeit bekommen.

„Es hat sieben Jahre gedauert, dieses Projekt fertigzustellen. Jeder in der Familie hatte Einfluss darauf."

Wir gingen um die Ecke und erblickten den vollen Anblick eines Wasserfalls. Es war ein majestätischer Anblick; das Wasser war kristallklar und funkelte im Mondlicht. Die Felsen am Boden waren dunkel und zerklüftet und verliehen dem Ganzen eine wilde Note.

„Das ist atemberaubend", hauchte ich, während ich mich gegen ein Geländer lehnte, völlig überwältigt, „und das steht definitiv nicht in den Bauplänen."

„Ich wusste, dass du es zu schätzen weißt." James drückte leicht meine Hand. „Ein Bach zweigt nördlich der Lodge vom Fluss ab, und wir haben den Lauf in das Design integriert."

„Nur fünfundzwanzig Prozent der Menschen überleben den Sturz die Niagarafälle hinunter."

Er lachte. „Das hier sind nicht die Niagarafälle, sondern besser. Schau." Er ging um den Rand des Teichs zur anderen Seite des Wasserfalls. „Kannst du mich sehen?", rief er über das Rauschen des Wassers hinweg.

„Nein!"

„Okay, jetzt tauschen wir die Plätze!"

Ich beeilte mich, seinen Platz einzunehmen, während er meinen einnahm. Als ich es tat, konnte ich nicht glauben, dass James durch das fallende Wasser hindurch zu sehen war.

Wir trafen uns wieder in der Mitte und lehnten uns gegen das Geländer. Gischt brach sich an den Felsen am Boden.

„Es liegt an der Optik. Zumindest hat es der Ingenieur so erklärt."

Ein Windstoß fegte durch die Öffnung, und ich zitterte.

„Du frierst." James bewegte sich, um hinter mir zu stehen.

Ich drehte mich in seinen Armen um, um ihn anzusehen. Er zog mich in die Geborgenheit seiner Umarmung, und mein Herz sehnte sich danach, noch näher zu sein. Wenn er mich doch endlich küssen würde.

„Danke, dass du mir das gezeigt hast", sagte ich und legte meinen Kopf an seine Brust. „Es ist wunderschön."

Mein Kopf hob und senkte sich mit seinen Atemzügen. Ich spürte, wie eine Haarsträhne über meine Stirn fiel, und strich sie gedankenverloren zurück. Ich lauschte dem Pochen seines Herzens – einer Basstrommel, die rhythmisch aus seinem Brustkorb rief. Was zum Teufel passierte hier mit mir? Wie um alles in der Welt war ich hier gelandet? Der Himmel goss Mondlicht durch die große Öffnung über uns, und ich gähnte.

„Du bist müde", flüsterte er, drückte seine Nase in mein Haar und atmete ein. Das tat er oft, und es gefiel mir.

„Ich hatte einen frühen Morgen."

Wir standen da, umarmten uns, bis ich den Mut fand, aufzublicken und seinen strahlenden Augen zu begegnen. Seine Wärme strahlte so heiß wie sein Blick. Der perfekte Moment neckte mich auf die richtige Weise, aber er hielt sich zurück.

Ich neigte meinen Kopf zur Seite. „Wie oft bringst du Frauen hierher?"

„Ich habe es dir schon gesagt. Du bist die Erste."

„Bullshit."

Er lachte. „Warum?"

„Weil du ein Playboy bist. Bist du nicht ein Playboy, James Silver?"

„Ich glaube nicht."

Meine Haare fielen mir immer wieder ins Gesicht, und er strich sie mir aus den Augen.

„Spielst du mit mir?", fragte ich.

Er sah in mir nichts anderes als eine weitere Angestellte, mit der er schlafen wollte. Oder zumindest hoffte ich, dass er das wollte. War das, was ich wollte? Eine Nacht voller tiefer, verzweifelter Küsse, heißer Haut und hungriger Münder? Des Nachzeichnens von Unterarmen und Handflächen mit meinen Fingerspitzen?

Als sich mein Körper an seinen kräftigen Rahmen schmiegte, hallte ein lautes „Ja" in meinem Kopf wider.

Er strich mit seinem Daumen über meine Wange, und mein Herz flatterte in meiner Brust. Meine Beine zitterten unter mir, und ich wünschte, ich könnte die Zeit anhalten.

„Du bist berauschend." Seine tiefe Stimme wirbelte die Luft zwischen uns auf.

„Und du weichst meiner Frage aus. Was ist so besonders daran, Zeit mit einem Nussknacker zu verbringen?"

Er vergrub sein Gesicht wieder in meinem Haar und atmete tief ein. Er schien mich aufzusaugen, als wäre ich das Einzige, was ihn am Leben hielt.

„Du siehst einen Nussknacker, und ich sehe eine freche, starke und unterhaltsame Frau. Ganz zu schweigen davon, dass du absolut wunderschön bist. Du raubst mir den Atem, Laura Young."

Ich mochte, wie mein Name von seiner Zunge rollte, und ich liebte die Art, wie er mich mit Absicht ansah, seine strahlend blauen Augen dunkel vor Verlangen. Mein Herz hämmerte in meiner Brust und Schmetterlinge flatterten in meinem Bauch.

Ich war atemlos, während ich wartete, ob er mich endlich küssen würde. Mit James Silver anzubandeln stand nicht auf meiner Weihnachtswunschliste, aber wie konnte ich Nein zu dem Märchen sagen, das er erschaffen hatte?

Er beugte sich vor, sein Atem heiß an meinem Ohr. „Ich muss dir etwas gestehen", flüsterte er.

„Was denn?" Ich hielt die Luft in meinen Lungen an, während er sich über mich türmte.

„Ich habe dich nicht nur hierher gebracht, um dir diesen Ort zu zeigen", sagte er, seine Stimme tief und verführerisch.

„Warum bin ich dann hier?"

Mein Puls beschleunigte sich, und meine Hände zitterten leicht, als ich sie um seine Taille legte. Blut schoss mir ins Gesicht und pulsierte durch meinen ganzen Körper, sodass sich all meine Gliedmaßen wie im Fieber anfühlten. Mein Herz klopfte so heftig, dass er es unmöglich nicht gegen seine Brust spüren konnte.

„Ich wollte mit dir allein sein." Nervosität kroch langsam in mir hoch, wie eine Ranke, die eine Wand hinaufklettert, und ich wusste nicht, wie ich damit umgehen sollte.

„Stimmt etwas nicht?", fragte er.

„Nein", log ich. „Ich gerate manchmal nur in meinen Kopf."

„Und was geht in diesem Kopf von dir vor?"

Er strich mit seinem Finger über meine Stirn. Seine tiefe Stimme strahlte eine James-Bond-artige Dominanz aus, die meine Hormone in Aufruhr versetzte.

„Es ist gerade schwer zu denken", flüsterte ich. „Mit dir. So nah."

„Versuch es härter."

Seine Lippen zuckten ganz leicht und hoben seinen Mundwinkel. Ich konnte mich kaum konzentrieren. Seine Augen funkelten schelmisch. Er wusste definitiv, was er mir und meinem Körper antat.

„Ich weiß nicht, wie ich heute Abend hier gelandet bin, mit

dir, aber dieser Moment ... jetzt gerade ... ist alles, woran ich denken kann. Es fühlt sich ... gut an, richtig, überwältigend."

„Bist du eine Gedankenleserin, Laura Young?"

Ich starrte ihn verwirrt an.

„Denn ich glaube, du liest meine Gedanken."

Er hielt sanft mein Kinn mit Daumen und Zeigefinger und neigte mein Gesicht nach oben, um meinen Mund zu treffen. Unsere Lippen berührten sich für anderthalb Sekunden, bevor er sich zurückzog und mich atemlos und nach mehr verlangend zurückließ.

„War das unangebracht?"

Die Intensität seines Flüsterns jagte mir einen Schauer über den Rücken.

Ich räusperte mich. „Nein, auf keinen Fall."

Es war nicht genug.

Ich war so frustriert, dass ich kaum atmen konnte. Ich trat zurück.

„Geht es dir gut? Du wirst blass."

„Ja." Ich sog Luft ein und stützte meine Hände auf meine Knie. „Mir geht's. Gut."

„Hast du eine Panikattacke?"

Ich war mir nicht sicher, was es war, aber es war definitiv etwas.

„Ich bin klaustrophobisch, aber ich bekomme keine Panikattacken. Nur elf Prozent der Amerikaner erleben Panikattacken, und ich gehöre nicht zu dieser Gruppe." Ich richtete mich auf, und er umfasste mein Handgelenk mit seiner Hand, drückte seinen Daumen auf meinen Puls und beobachtete seine Uhr.

„Dein Herzschlag ist erhöht."

„Mir geht's gut." Ich winkte ab und straffte meine Schultern. „Ich verspreche es."

Er trat näher und zog mich zurück an seine Brust, seine Lippen senkten sich zu meinem Ohr. „Wenn dich ein sanfter

Kuss schon eine Panikattacke bekommen lässt, was wird dann passieren, wenn ich dich küsse, als wärst du wirklich mein?"

Oh Gott!

Diesmal presste er seinen Mund auf meinen und überwältigte meine Sinne mit seinem Geschmack, Geruch und Gefühl. Er schlang seine Arme fest um mich und hielt meinen Körper an seinen. Eine elektrische Ladung knisterte zwischen uns und entfachte ein Feuer in mir. Die Wärme seines Mundes war berauschend. Seine Zunge neckte zaghaft die Naht meiner Lippen, erforschte gekonnt meinen Mund und dominierte mit jedem Streichen. Seine Hand umfasste meinen Nacken und sandte kribbelnde Empfindungen mein Rückgrat hinunter, während seine andere Hand den unteren Teil meines Rückens fand und mich unmöglich näher zog. Unsere Körper pressten sich aneinander, Hitze an Hitze, Herzschlag an Herzschlag, seine Erektion an meinen Bauch. Die Welt schrumpfte für diese wenigen Momente auf den Raum zwischen unseren Lippen zusammen.

Ich hob meine Arme, um sie um seinen Nacken zu schlingen. Seine Hände verfingen sich in meinem Haar, bevor sie meinen Körper hinabstrichen und eine Brust umfassten.

Wenn jemand uns jetzt erwischen würde...

Ich zog mich zurück, meine Lippen heiß und geschwollen.

„Eine Nacht mit Ihnen wäre sehr unangemessen, Mr. Silver. Ich bin immer noch eine Angestellte."

„Du hast Feierabend und bist an Weihnachten allein." Seine Lippen streiften meine. „Stimmt's?"

Ich nickte. Technisch gesehen war ich nicht mehr seine Angestellte. Und ehrlich gesagt, ein kleiner Weihnachtsflirt konnte niemandem schaden.

„Also muss ich darauf bestehen, dass du Weihnachten mit mir und meiner Familie verbringst."

Er packte mich an den Hüften und zog mich wieder nah an sich heran, als wären wir ein Paar. „Meine Eltern würden jeden von uns umbringen, wenn wir Weihnachten getrennt verbringen würden. Deine etwa nicht?"

Ich lachte.

„Mein Vater wird im Operationssaal sein, und meine Mutter arbeitet in ihrem Labor an der nächsten Krebsheilung." Ich schlang meine Arme wieder um seinen Hals und stellte mich auf die Zehenspitzen, meine Lippen über seinen schwebend. „Aber ich möchte wirklich nicht über meine Eltern reden. Also, du bist definitiv Single?"

Er packte mich an den Hüften und zog mich an sich. Seine Erektion drückte wieder gegen meinen Bauch, seine Augen fixierten meine Lippen und seine Finger gruben sich in meine Haut, als er flüsterte: „Immer Single."

Das Licht flackerte, und er zog sich zurück, raubte mir seine Lippen.

„Was war das?", fragte ich.

„Die Stürme müssen in der Nähe sein, und hoffentlich ist es nicht der Computervirus, den mein Bruder beseitigt hat."

„Ich schätze, George lag falsch mit dem Wetter."

„Es sind die Berge und die wechselnden Winde. Der Strom fällt manchmal aus, aber wir haben Generatoren." Er zeigte auf eine Wartungstür und sah wieder auf seine Uhr. „Es wird spät. Lass mich dich zu deinem Zimmer bringen."

Und so war der Moment zwischen uns vorbei.

James hielt meine Hand, und ich folgte ihm wie ein Hündchen. Gott, ich wollte so viel mehr als eine fünfminütige Knutscherei. Im nächsten Moment standen wir am Eingang seiner Suite.

„Das ist nicht mein Zimmer", flüsterte ich.

Er hielt seine Uhr gegen die Nummerntafel an der Tür, und sie öffnete sich. Wir betraten die geräumige Suite mit einem hohen Fenster entlang der Rückwand. Dahinter beleuchteten Nachtlichter einen privaten Swimmingpool und einen Whirlpool.

Ich schlüpfte aus meinen Schuhen und trat auf den teppichbedeckten Boden des Flurs. In dem Moment, als meine Füße den Teppich berührten, wusste ich, dass ich in meinem Leben nie wieder etwas so Weiches spüren würde. Die weißen Fasern, die sich gegen meine Füße pressten, fühlten sich an wie frisch gesponnene Baumwolle. Zu meiner Linken ragte ein aus einem einzigen Granitblock gehauener Kamin zwei Stockwerke hoch. Rechts öffneten sich Doppeltüren zu einem in warmen Braun- und Grüntönen dekorierten Schlafzimmer. Der Ort war riesig. „Vorhin, als wir oben waren, sagtest du, du seist auf dem Weg zu deinem Zimmer. Diese Suite ist nirgendwo in der Nähe meines Zimmers."

„Du hast ein scharfes Auge", sagte er pointiert, ein verlegenes Lächeln auf seinen Lippen. „Ich habe die Wahrheit vielleicht ein bisschen gedehnt. Bitte, mach es dir bequem."

„Du hast die Wahrheit um zwei Stockwerke, einen privaten Eingang, einen Außen-Whirlpool und einiges mehr gedehnt." Ich konnte vom zeitgenössischen Landhausdekor nicht genug bekommen. Der Raum strahlte Wärme und Charme aus.

„Wenn es dir nicht gefällt, verlang vom Management eine Rückerstattung", murmelte er hinter mir.

Es gab nichts, was mir an der exklusiven Suite nicht gefiel. Es gab definitiv vieles, was mir an der Art gefiel, wie er mich von hinten hielt und sich an meinem Hintern rieb. Er schmiegte sein Gesicht in meinen Nacken und hinterließ einen zärtlichen Kuss, während er mich zu den Doppeltüren führte, die ins Schlafzimmer führten.

Ein Kingsize-Bett nahm den größten Teil des Raumes ein. Einfarbige Kissen und eine passende Tagesdecke bedeckten das Bett. Das Badezimmer war leicht groß genug, um fünfzehn Personen darin unterzubringen. Ein Kamin glühte in einer Nische an der Wand, und Dampf schimmerte in der Luft.

„Hmm." Ich lehnte mich in seine Umarmung, als er seinen Mund über meine Schulter gleiten ließ.

„Wenn du mich weiter so küsst, glaube ich nicht, dass ich eine Rückerstattung möchte."

„Gut." Er ließ los. Eine kühle Brise ersetzte seine Wärme hinter mir. „Aber ich muss mich entschuldigen. Ich muss für eine Weile gehen."

„Was?"

Ich drehte mich auf dem Absatz um, um ihn anzusehen.

„Geschäftstreffen. Ich muss mich mit meinen Partnern beraten."

Mein Herz sank.

„An Weihnachten?"

„Das ist einer der Nachteile, ein Silver zu sein."

„Ich sollte dann wohl gehen."

Er schüttelte den Kopf. „Nein, du bleibst hier. Ich möchte nicht, dass du dir holst, was auch immer Allie plagt. Ich werde nach ihr sehen, bevor ich zu meinem Meeting gehe."

„Wirst du lange weg sein?"

Er seufzte schwer und seine Schultern sackten herab. „Höchstwahrscheinlich", antwortete er, und meine Begeisterung stürzte von einer Klippe.

James beugte sich vor, küsste mich auf die Wange und ging. Ich stand noch ein paar Minuten in der Suite und nahm meine Umgebung in mich auf. Links umschlossen Glaswände die gekachelte Dusche, die größer war als mein Badezimmer zu Hause. Eine lächerliche Anzahl dekorativer Armaturen projizierte eine opulente Lichtshow an die Decke. Es gab einen separaten Dampfduschraum und eine Sauna, die beide Dampf ausstießen. Zwei Marmorwaschbecken schmückten das elegante Badezimmer und verliehen ihm einen Hauch von Luxus. Auf den Ablagen standen Lotionen, Toilettenartikel und duftende Kerzen, jedes in einem wunderschönen Keramikbehälter, der wahrscheinlich mehr kostete als meine monatliche Miete. Es hatte alles, was ich mir je wünschen könnte, außer einem Mann, der mit all dem kam.

Ich schloss die Tür ab und ließ mich auf das Sofa in der Nähe des doppelseitigen Kamins plumpsen. Seine Wärme spendete Behaglichkeit, während ich durch das große Fenster auf den sprudelnden Whirlpool blickte. Kurz darauf klingelte das Telefon.

„Hallo?", nahm ich den Hörer ab.

„Allie hat Fieber", flüsterte James, seine Stimme durch eine Maske gedämpft. „Julia meint, wir sollten sie ins Krankenhaus bringen."

„Oh nein! Ich bin schon unterwegs–"

„–Laura, nicht. Du willst dich nicht anstecken. Wir werden eine Lösung für Allies Verlegung finden."

„Danke. Ich weiß die Hilfe wirklich zu schätzen."

„Natürlich. Ich sehe dich morgen früh. Gute Nacht, Laura."

„Gute Nacht, James."

Ich legte auf. Die riesige Uhr an der Wand verkündete, dass ich nur noch sechs Stunden bis zum Morgen hatte, doch ich konnte nicht schlafen. Ich zog meine Schuhe und Kleidung aus, bis ich nur noch in BH und Slip dastand, bevor ich einen luxuriösen Bademantel aus dem Bad holte und ihn fest um mich schlang. Das Außenthermometer zeigte eisige minus zehn Grad Celsius an.

„Man lebt nur einmal."

Ich rannte barfuß über die Terrasse, warf den Bademantel im Laufen ab und stürzte mich in den dampfenden Whirlpool. Die tosenden Düsen fühlten sich fantastisch an meinen schmerzenden Muskeln an. Ich ließ meinen Körper sinken, bis das Wasser bis zu meinem Kinn sprudelte. Dampf stieg um mich herum auf, während irgendwo in der Nähe eine Party tobte, aber ich konnte niemanden sehen. Es schien auch nicht, als würde James zurückkommen.

Ich genoss den Whirlpool, bis die Wärme meine Knochen durchdrang und meine Finger schrumpelig wie Rosinen wurden. Als ich wieder hineinging, wurde mir klar, dass all meine Kleidung noch in meinem Zimmer war. Ich ging zu einem begehbaren Kleiderschrank und strich mit dem Finger über die ordentlich gestapelten T-Shirts. Ich nahm das oberste und schlüpfte mit meinen Armen in die riesigen Löcher. Das Shirt verschlang mich förmlich. Es roch nach teurem Eau de Cologne und Frühling. Mir war gar nicht bewusst gewesen, wie kalt mir gewesen war, bis meine Haut durch die Weichheit des Stoffes erwärmte. Er roch wie Zuhause, aber die Leere seiner Abwesenheit war spürbar.

Müde ging ich ins Schlafzimmer und schlüpfte unter die flauschige Decke. Sie war durchtränkt von seinem Duft, wie eine quälende Droge, die mich daran erinnerte, was hätte sein können. Meine Hand glitt über die weichen Laken, und ich kuschelte mich in mein Kissen. Ich schlief traumlos, aber es war eine der bequemsten Nächte, die ich seit Langem hatte.

Als ich aufwachte und die Augen öffnete, starrte ich in ein identisches Paar: Kensis.

Kapitel 4

James

Ihr Kichern drang aus dem Schlafzimmer. Ich stellte meinen Kaffee beiseite und ging zur Tür, wo ich mich gegen den Rahmen lehnte.

Laura und Kensi lagen quer über dem Bett, bewegten ihre Arme und Beine auf und ab, und ihr Lachen erfüllte die Luft wie die süßeste Melodie.

Meine übergroßen Klamotten hingen an Lauras schlanker Figur, das T-Shirt rutschte von ihren Schultern und reichte weit über ihre Knie. Eine Hitzewelle durchfuhr mich und wanderte langsam abwärts, als ich meine Jeans zurechtrückte. Ich sehnte mich danach, sie auszuziehen, ihre glatte Haut an meiner zu spüren und sie zu verschlingen. Aber Kensi war hier.

Ich räusperte mich, was beide aufschrecken ließ. „Was ist so lustig?"

Laura setzte sich aufrecht hin und versuchte, sich zu fassen.

„Schau, Daddy! Wir machen Schneeengel!", rief Kensi, während ihre Arme auf der flauschigen Bettdecke auf und ab flatterten.

Meine Haut kribbelte, als ich mich vom Türrahmen abstieß und das Zimmer durchquerte. Ich ließ mich neben Laura aufs

Bett sinken, meine Augen verfolgten die Kurven ihrer straffen Brüste wie ein Verdurstender in der Wüste.

„Das ist toll, Schätzchen. Aber normalerweise machen wir Schneeengel draußen. Geh dich anziehen, Kensi. Wir frühstücken und gehen dann raus, um Schneeengel zu machen."

„Juhu!"

Kensi hüpfte vom Bett und rannte durch die Suite in ihr Zimmer.

„Guten Morgen", Laura strich sich eine verirrte Haarsträhne hinters Ohr. Ihre haselnussbraunen Augen trafen meine, und ein leichter Rotschimmer überzog ihre Wangen.

„Guten Morgen", ich beugte mich vor und gab ihr einen Kuss auf die Wange. „Ich nehme an, du hast meine Tochter kennengelernt."

„Ja, scheint so."

Etwas huschte über ihr Gesicht, und ich konnte den Ausdruck nicht deuten. Sie wirkte ... verwirrt.

„Was ist los?", ich fuhr mit meiner Hand ihr Schienbein hinunter und umfasste ihren Knöchel, streichelte über ihre Haut.

„Du hast gestern keine Tochter erwähnt."

„Ich erwähne Kensi nie am selben Tag, an dem ich jemanden kennenlerne."

„Und ihre Mutter?", fragte sie mit zusammengezogenen Augenbrauen.

„Wir teilen uns das Sorgerecht."

Erleichterung überkam ihr Gesicht, und ihr Mund verzog sich langsam zu einem Lächeln. Ich blinzelte zuerst.

„Kensi ist ein wunderbares kleines Mädchen." Lauras Blick wanderte liebevoll zur Tür, durch die Kensi verschwunden war. „Wir haben uns gestern tatsächlich in der Lobby getroffen. Sie war so aufgeregt wegen des Schnees, und heute Morgen hat sie mir alles erzählt, was man über Schneeflocken wissen muss. Wusstest du, dass keine zwei Schneeflocken gleich sind?"

Sie setzte sich aufrechter aufs Bett, mit einer Begeisterung, die ich von Kensi erwartet hätte. Nur war Laura eine erwachsene Frau. Die erste Frau, die ich seit meiner Trennung von Tiffany vor fünf Monaten in mein Bett gelassen hatte. Die erste, deren wippende Brüste mich verdammt nochmal hypnotisierten. Ich schüttelte den Kopf und hob meinen Blick wieder zu ihrem.

„Kensi hat die Gabe, alles neu und aufregend erscheinen zu lassen."

Genau wie Laura. Das sagte ich ihr nicht. Ich wollte sie nicht noch mehr erschrecken, als ich es ohnehin schon getan hatte.

Ich rieb meine Hand an ihrem Schienbein auf und ab und flüsterte: „Bist du bereit fürs Frühstück?"

„Ich hab einen Bärenhunger."

Ich gab ihr einen zärtlichen Kuss auf den Hals. „Wenn du aus meinem T-Shirt in etwas schlüpfen möchtest, das mich nicht hart macht, dein Koffer steht im Schrank. Das Frühstück ist in zehn Minuten da."

Ich schwöre, ich sah, wie sich ihre Brustwarzen verhärteten, als ich sprach, und mein Schwanz zuckte als Antwort.

Der Anblick ihres erregten Körpers ließ ein loderndes Feuer durch meine Adern fließen. Jede Faser meines Wesens wollte, dass ich sie packe und ficke. Genau hier. Auf meinem Bett.

Aber sie fasste sich wieder, zog sich in ihr Schneckenhaus zurück und huschte davon wie eine verängstigte Maus. „Ich treffe euch beide in der Küche", piepste sie. Ich sah ihr nach, immer noch nicht ganz sicher, was gerade passiert war.

Zehn Minuten später kam Laura frisch angezogen aus dem Bad und sah mehr als bereit aus, den Tag in Angriff zu nehmen. Der Anblick, wie sie sich zu Kensi und mir an den Esstisch gesellte, während draußen sanft der Schnee fiel, fühlte sich an wie eine Szene aus einem Traum. Ich konnte es verdammt nochmal nicht fassen, wie unfassbar perfekt das alles war.

„So, bitte schön", sagte ich und stellte einen Teller mit dampfenden Pfannkuchen vor die Mädchen. „Ich hoffe, sie schmecken euch."

„Danke", antwortete Laura, ihre Augen leuchteten auf, als sie in den fluffigen Stapel einstach. „Die sind fantastisch. Du bist ja ein richtiger Meisterkoch."

„Danke", grinste ich. „Aber ich kann dein Kompliment nicht annehmen. Kensi hat diese heute Morgen mit ihrer Oma gemacht."

„Wirklich?", Laura schnitt ein weiteres Stück ab und tauchte es in Ahornsirup. Sie wandte sich an Kensi. „Hat deine Oma dir beigebracht, wie man die macht?"

„Nein." Kensis Augen weiteten sich, und sie schüttelte so heftig den Kopf, dass ihre Haare, die vom Schlafen mit nassen Haaren noch wild waren, um ihre Schultern tanzten. „Mama und Oma haben das gemacht."

Ich beobachtete Lauras Gesicht und versuchte, ihre Gedanken zu lesen.

„Also, ich bin ehrlich zu dir, Kensi. Das sind die besten Pfannkuchen, die ich je gegessen habe. Du musst mich öfter zum Frühstück einladen."

Laura schenkte mir ein verschmitztes Lächeln. Kensi strahlte übers ganze Gesicht, und ich war verblüfft, dass es weniger als zwölf Stunden gedauert hatte, bis diese Frau sich nahtlos in unser Leben eingefügt hatte.

Während wir aßen und über alles Mögliche plauderten, vom Skifahren am Nachmittag bis hin zu Kensis Lieblingsbüchern, staunte ich darüber, wie mühelos Laura in unsere Welt passte. Die Luft vibrierte vor Lachen und Wärme, eine perfekte Balance aus zärtlichen Momenten und unbeschwerten Neckereien, die mich lebendiger fühlen ließ, als ich es seit Jahren getan hatte.

Mein Blick schweifte zum Fenster, gefesselt von einem Wirbel weißer Flocken, die auf die Welt draußen herabrieselten. Die Winde waren unruhig, wie ein bedrohliches Biest, das am Rande unserer Behausung lauerte, und ich wusste, dass das gefährliche Wetter bedeutete, dass wir bald unsere Pläne, die eisigen Hänge hinunterzufahren, aufgeben mussten.

„Wie wäre es, wenn wir einen Schneemann bauen?", schlug ich vor.

Kensis Gesicht hellte sich auf. „Kommst du mit uns, Laura?"

„Natürlich, Schätzchen. Lass uns uns warm einpacken und nach draußen gehen." Lauras warme Stimme ließ mich erschaudern.

Wir beendeten das Frühstück und zogen uns schnell unsere Winterkleidung an. Zu dritt sahen wir aus wie ein Trio bunter Marshmallows in unseren dicken Mänteln und Schals.

Draußen biss die frische Winterluft in unsere Wangen. Riesige Flocken fielen träge vom Himmel und bedeckten den Boden mit einer dicken Schicht unberührten Schnees. Hohe Nadelbäume glitzerten vor Frost, ihre Äste schwer vom Gewicht des Eises. Eingebettet im Herzen eines malerischen Bergtals sah das Silver Resort aus wie aus einer Schneekugel entsprungen.

Laura und Kensi hatten sich auf den Rücken in den frischen weißen Pulverschnee gelegt, ihre Arme und Beine weit ausgestreckt, um perfekte Schneeengel zu machen. Die Wintersonne strahlte herab und ließ all die winzigen Schneeflocken um sie herum funkeln, als wären es Diamanten. Das Bild war atemberaubend. Trotz der frostigen Luft, die alles andere in Sicht erstarren ließ, strahlten diese beiden Schneeengel vor Wärme und Hoffnung. Für einen Moment schien die Welt stillzustehen.

Nachdem wir wieder ins Haus gegangen waren, bereitete ich zwei dampfende Tassen heiße Schokolade mit Marshmallows zu, genau so, wie Kensi es mochte. Als ich zurückkam, setzte sich Kensi im Schnee auf. „Papa! Rate mal! Wir sind jetzt Schneeflocken-Experten!"

Ich ging über die Terrasse und stellte die heiße Schokolade auf einen Tisch. „Ach wirklich?"

„Wusstest du, dass es eine Septillion Schneeflocken in einer Kubikmeile Schnee gibt?", warf Laura ein und grinste, als Kensis Augen sich weiteten.

„Boah, Septillion? Das ist ja wahnsinnig viel." Kensi sprang auf und wippte auf ihren Fußballen. Sie lief zum Tisch und pustete über die dampfende Tasse. „Ist die für mich?"

„Klar." Ich nickte, und sie blickte auf.

„Wir haben alles über frischen Schnee gelernt. Laura ist wirklich schlau, genau wie du", sagte sie zwischen den Atemzügen.

„Ah", sagte ich. „Also, ich finde, du bist selbst ein schlaues Köpfchen, Kleine." Ich wuschelte ihr durchs Haar, bevor ich meine Aufmerksamkeit wieder Laura zuwandte. Ihre Wangen waren vom winterlichen Kuss gerötet. Ich nahm Lauras Tasse und trug die heiße Schokolade zu ihr. „Bleib am Tisch, Kensi."

Als ich Laura die Tasse reichte, bemerkte sie: „Oh, du hast Mini-Marshmallows reingetan?"

„Natürlich habe ich das. Ich bin doch kein Unmensch."

Sie lachte, und wir beide schauten zu Kensi hinüber, die völlig darauf konzentriert war, die dampfende Flüssigkeit in ihrer Tasse mit ihrem Atem zu kühlen.

„Ihr beide habt eine wunderschöne Verbindung." Lauras Stimme war eine Mischung aus Ehrfurcht und Ungläubigkeit.

„Danke." Bei ihren Worten breitete sich Wärme in mir aus. „Sie ist das Beste, was mir je passiert ist."

„Aber sie muss wie ihre wunderschöne Mutter aussehen, denn sie sieht dir überhaupt nicht ähnlich."

Während wir Kensi im Blick behielten, entfernten wir uns von den Schneeengel-Abdrücken.

„Du hast recht und unrecht. Ich weiß nicht, wie ihre biologische Mutter aussieht, weil wir Kensi adoptiert haben. Aber sie muss wunderschön gewesen sein."

„Gewesen?"

„Sie starb bei der Geburt."

„Das tut mir so leid. Das ist so traurig. Weiß Kensi das?"

„Sie ist noch zu jung, aber wenn die Zeit reif ist, werden wir es ihr erzählen."

„Und Kensis jetzige Mutter wollte Weihnachten nicht mit ihr verbringen?"

Tiffany hatte sich darauf gefreut, die Feiertage mit ihr zu verbringen, aber jetzt war ich an der Reihe, Qualitätszeit mit unserer wunderbaren Tochter zu verbringen.

„Wir haben eine Vereinbarung. Tiffany wird nach Neujahr Zeit mit Kensi verbringen."

„Also keine Zeit allein mit dem Nussknacker?", fragte Laura mit einem verschmitzten Lächeln.

Inmitten des Wirbelsturms aus Chaos und Lachen, der das Familienleben ausmachte, fühlte sich Zeit allein wie ein flüchtiger Traum an. Elternschaft eines fünfjährigen Kindes bedeutete, dass Momente der Ruhe hart erkämpft und wie kostbare Steine geschätzt wurden.

„Kensi geht um halb neun ins Bett und heute Abend schläft sie bei ihren Großeltern."

Laura kam näher, schlang ihre freie Hand um meine Taille und drückte ihre Hüfte gegen meinen hart werdenden Schwanz, streifte die Lust, die sich entfalten wollte. Ihre Berührung machte es noch schwieriger, einen Anflug von Verlangen zu unterdrücken, der nichts anderes wollte, als freigelassen zu werden.

„Ist das eine Einladung, Mr. Silver?"

Ich senkte meinen Kopf zu ihrem Ohr. „Das kommt darauf an. Warst du dieses Jahr ein braves oder ein böses Mädchen?"

Ein verschmitztes Grinsen zupfte an ihren Lippen, während sie sich zu einem fast raubtierhaften Lächeln verzogen, ihre Augen funkelten schelmisch. „Ich war bisher immer artig. Aber heute Nacht möchte ich unartig sein, weißt du, nur um zu spüren, wie es ist, dein freches Mädchen zu sein."

Ich rieb mich an ihrer Hüfte. „Dein Wunsch ist mir Befehl", flüsterte ich, während meine Zunge über ihr Ohr fuhr. Sie zog sich zurück und nickte Kensi zu, die von ihrem Sitz aufsprang und auf uns zukam.

„Ich habe meine heiße Schokolade ausgetrunken. Es ist Zeit für einen Schneemann." Sie klatschte in die Hände.

In einer halben Stunde würde meine Tochter für ein Nickerchen einschlafen und mir Zeit allein mit Laura geben.

„Also gut, Team", sagte ich und rieb meine Hände aneinander. „Lasst uns mit diesem Schneemann anfangen."

Kensi übernahm das Kommando und dirigierte Laura und mich, wo wir die Schneebälle platzieren sollten. Wir rollten riesige Schneekugeln über den Hof, die immer größer und schwerer wurden, als sie Schichten vom Boden aufnahmen.

„Seine Basis muss größer sein!", rief Kensi und beäugte unseren Fortschritt wie ein Boss. „Wenn er der beste Schneemann aller Zeiten werden soll, braucht er eine solide Basis."

„Verstanden, Chef." Laura salutierte spielerisch vor Kensi, bevor sie sich wieder an die Arbeit an der Basis des Schneemanns machte.

Während wir gemeinsam den Schneemann bauten, hallte das synchrone Lachen von Kensi und Laura durch die kühle Luft. In diesem Moment schmolzen all meine Sorgen dahin und gaben mir Hoffnung, dass dies das beste Weihnachten aller Zeiten werden würde.

Kensi war in ihrem Element und gab Befehle wie ein kleiner General, während Laura und ich riesige Schneebälle über den Hof rollten. Die Basis des Schneemanns hatte endlich Kensis anspruchsvolle Standards erreicht, und wir machten uns an den Mittelteil.

„Hast du schon mal darüber nachgedacht, mehr Kinder zu haben?", fragte Laura und lächelte, als wir den zweiten Schneeball auf die Basis hievten.

„Noch mehr kleine Monster, die hier herumrennen?" Ich tat entsetzt und lachte bei dem Gedanken. „Ich habe es in Betracht gezogen, aber wie du siehst, hält mich Kensi schon genug auf Trab."

„Verständlich", sagte sie und klopfte den Schnee von ihren Fäustlingen. „Aber ehrlich gesagt, ich wollte immer eine Tochter. Ich meine, ich wäre auch über einen Sohn überglücklich, aber etwas an einer kleinen Tochter... Ich weiß nicht. Es fühlt sich einfach richtig an. Nicht jetzt natürlich. Scheiße, dafür bin ich jetzt überhaupt nicht bereit, aber eines Tages, wenn die Zeit reif ist, weißt du?"

„Klingt, als würdest du eine großartige Mutter abgeben", sagte ich aufrichtig und beobachtete, wie ihre Augen vor Wärme aufleuchteten. „Aber wenn du willst, dass das Leben deine Pläne durchkreuzt, sprich sie nicht laut aus."

Laura hielt inne und klopfte den Schnee fest, um die Kugel kompakt zu machen. „Ich nehme die Pille, falls du dir Sorgen machst. Kinder sind im Moment ausgeschlossen, aber wenn ich dich und Kensi zusammen sehe, ist es schwer, sich nicht so etwas für die Zukunft zu wünschen."

„Das Leben hält oft unerwartete Überraschungen für uns bereit. Kensi wurde adoptiert, aber sie war nicht geplant. Es war eine schnelle Entscheidung, und bevor ich mich versah, war ich Vater eines neugeborenen Mädchens." Ich gab ihr einen beruhigenden Klaps auf die Schulter. „Was ich damit sagen will, ist, dass man nie weiß, was die Zukunft bringt."

„Hey, ihr zwei!", rief Kensi. „Weniger reden, mehr Schneemann bauen!"

„Alles klar, Chefin!", rief Laura zurück, ihre frühere Melancholie durch ein verspieltes Grinsen ersetzt. Wir formten den Oberkörper des Schneemanns unter Kensis wachsamem Auge.

Ich sah zu Laura hinüber: „Das Leben ist zu kurz, um keine Chancen zu ergreifen, auch wenn sie dir Angst einjagen. Vater zu sein ist der beste Job, den ich haben könnte, und ich würde ihn gegen nichts eintauschen."

Ihre Augen funkelten, aber ihre Stirn legte sich in Sorgenfalten. Sie zu lesen war wie der Versuch, die Enigma-Maschine zu entschlüsseln.

Der Schneemann war fertig, eine stolze Wache für unser noch junges Iglu. Laura schien in den letzten Feinheiten versunken - Zweige als Arme, ein alter Hut und eine schiefe Karottennase.

Ihre Augen funkelten vor kindlicher Freude und hoben Kensis Stimmung.

„Papa, ich gehe auf die Toilette."

„Wasch dir die Hände, Kensi."

Sie rannte hinein. „Ich sollte in einer Minute nach ihr sehen, weil ich sicher bin, dass sie auf dem Rückweg einschlafen wird."

Laura stellte ihre leere Tasse heiße Schokolade auf den Tisch. „War es schwieriger, deine Beziehung zu Tiffany aufrechtzuerhalten, nachdem ihr Kensi bekommen habt?", fragte Laura sanft, ihre haselnussbraunen Augen voller Neugier.

„Ehrlich gesagt", gab ich zu, „war unsere Beziehung zu diesem Zeitpunkt bereits belastet. Als Kensi ankam, versuchten wir, es um ihretwillen funktionieren zu lassen, aber wir entfernten uns einfach voneinander. Wir werden aber immer dafür sorgen, Kensi gemeinsam großzuziehen."

Laura nickte, ihr Blick verweilte auf dem Iglu, das wir vor dem Schneemann gebaut hatten. Der Schnee glitzerte im Sonnenlicht und warf einen sanften Schein auf unsere gemütliche Kreation.

„Möchtest du das Innere sehen?", fragte ich und bot ihr meine Hand an.

„Gerne." Sie nahm sie ohne zu zögern.

Im Inneren des Iglus milderte die Wärme unserer Körper die kalte Luft. Wir saßen eng beieinander, unser Atem vermischte sich in dem begrenzten Raum.

„James", flüsterte Laura, ihre Augen auf meine fixiert, „ich möchte, dass du weißt, dass ich dich für einen unglaublichen Vater halte. Die Art, wie du dich um Kensi kümmerst ... Es ist inspirierend."

„Danke", murmelte ich und lehnte mich zu ihrem Ohr. „Das bedeutet mir viel."

„Deine Liebe zu ihr ist wunderschön", flüsterte sie. „Wenn ich das Glück habe, Elternteil zu werden, kann ich nur hoffen, so hingebungsvoll zu sein wie du."

Ich nahm ihr die Mütze ab und vergrub meine Nase in ihrem Haar, atmete tief ein. Sie roch … köstlich.

„Irgendwas sagt mir, du wärst fantastisch, Laura." Meine Stimme war kaum hörbar.

Die Luft zwischen uns war elektrisch geladen. Endlich waren wir allein, umgeben von Schnee und Stille.

Ich beugte mich vor und drückte meine Lippen sanft auf ihren weichen Mund. Sie schmeckte nach süßer Schokolade. Unser Kuss, anfangs noch zaghaft, vertiefte sich mit jeder Bewegung meiner Zunge.

„Hey, Papa, schau mal, was ich gemacht habe!", hallte Kensis Stimme durch das Iglu.

Unsere Lippen lösten sich voneinander, und meine Augen flogen weit auf. Nicht wegen Kensi, sondern wegen Laura – weil ich mich noch nie so innig mit jemandem gefühlt hatte, so verbunden und verschmolzen. Wir waren zwei Menschen, aber auch ein Paar. Mein Herz schlug im Takt mit ihrem. Mein Atem ging synchron mit dem Heben und Senken ihrer Brust, und unsere Körper verschmolzen zu einem. Aber ich wollte mehr. Viel mehr. Ich wollte Laura.

Kensi kam in Sicht und hielt eine kleine Schneeskulptur in der Hand. „Es ist ein Kätzchen."

„Das ist unglaublich, Kensi." Die winzige Katze ähnelte eher einer Ratte, aber wie konnte ich ihr das sagen? „Bist du nicht müde?"

„Noch nicht."

Ich sah zu Laura hinüber, die versuchte, ein Grinsen zu verbergen. Vielleicht war es auch besser so, denn wenn ich Laura hier nehmen würde, würden wir das Iglu zum Schmelzen bringen.

„Kann ich es draußen neben unseren Schneemann stellen?" Sie hob es hoch und wippte auf ihren Fersen. Woher kam nur diese Energie?

„Natürlich, Schatz", stimmte ich zu und schenkte Laura ein entschuldigendes Lächeln. „Wir kommen gleich nach."

„Okay." Kensi huschte aus unserem Blickfeld und ließ Laura und mich wieder allein.

„Zeit für sich zu finden ist wohl schwierig, wenn man Eltern ist, was?", kicherte Laura, ihre haselnussbraunen Augen funkelten amüsiert.

„Na ja, offensichtlich." Ich seufzte und fuhr mir mit der Hand durchs Haar. „Aber ich würde sie für nichts in der Welt eintauschen."

„Das solltest du auch nicht. Sie ist ein unglaubliches kleines Mädchen."

„Sie ist ein kleines Mädchen, das ein Nickerchen braucht. Und ich habe eine Überraschung für dich."

„Eine Überraschung?"

„Sieht aus, als hätte sich der Sturm gelegt." Ich zeigte auf den Himmel. „Das heißt, wir können Ski fahren gehen."

Ihre Augen leuchteten auf. „Echt jetzt?"

Ich nickte.

Wir verließen das Iglu, und ich hob Kensi in meine Arme. „Es ist Zeit für ein Nickerchen, Schatz."

„Ich will aber nicht."

„Du willst doch stark sein, um Oma morgen beim Kochen zu helfen. Sie macht einen Apfelkuchen und braucht deine Hilfe für die Streusel."

Kensi überlegte einen Moment und rief dann: „Wettrennen zur Tür!" Sie rutschte an meinem Körper herunter und schoss mit beeindruckender Geschwindigkeit los.

„Hey, das ist unfair!", rief Laura spielerisch und rannte hinter ihr her, während ich in ihrer pudrigen Schneewolke zurückblieb.

Kensi erklärte sich zur Siegerin, bevor ich die Tür erreichte, und sie und Laura diskutierten darüber, wer gewonnen hätte, wenn sie gleichzeitig gestartet wären.

„Beim nächsten Rennen", warf ich ein und wischte mir den

Schnee aus dem Gesicht, „bekomme ich fünf Sekunden Vorsprung."

„Abgemacht!", stimmte Kensi sofort zu, ihre Augen funkelten schelmisch.

Ein Grinsen umspielte Lauras Mund. „Die wirst du auch brauchen", neckte sie mich und stieß mich mit ihrem Ellbogen an, als wir hineingingen.

„Ist das eine Herausforderung?"

„Eher ein Versprechen", schoss sie zurück, ihre Stimme voller Lachen.

Wir zogen unsere Winterkleidung aus und ließen uns in die vom Feuer erzeugte Wärme sinken.

„Es ist Zeit für dein Nickerchen, Kensi."

„Kann Laura mich zudecken?", fragte sie.

„Ja, das kann sie."

Ich spürte, wie Eifersucht und Freude gleichzeitig durch meine Adern strömten. Ihre Verbindung ließ mich nach einer hingebungsvollen Partnerin sehnen, die meine Tochter liebevoll umsorgen würde.

Momente später riss mich Laura aus meinen Gedanken. „Sie schläft. Du warst ziemlich still. Alles in Ordnung?"

„Alles in Ordnung, wirklich." Ich rang mir ein Lächeln ab. „Ich war nur in Gedanken versunken, schätze ich. Komm her." Ich winkte sie mit dem Finger zu mir auf die Couch am Kamin. Sie setzte sich neben mich, und ich legte meinen Arm um sie. „Das Wetter hat sich aufgeklärt. Meine Mutter wird in zehn Minuten hier sein, um auf Kensi aufzupassen. Wir gehen Ski fahren."

„Zehn Minuten? Da kann ich eine Menge anstellen." Sie fuhr mit ihrer Hand über meine Brust und kuschelte sich an meine Seite, legte ihren Kopf auf meine Brust. Ich küsste ihren Scheitel.

„Für das, was ich mit dir vorhabe, bräuchten wir deutlich länger, aber der Hubschrauber wartet schon."

Sie setzte sich auf.

„Ein Hubschrauber?"

Ich nickte. „Er wird uns in der Nähe des Gipfels absetzen."

Sie sprang von der Couch auf und tanzte im Kreis.

„Ich darf Ski fahren!"

Sie warf sich in meine Arme und klammerte sich wie ein Äffchen an meinen Hals. Meine Hände fanden ihren Weg unter sie und hoben sie hoch, sodass sie ihre Beine um meine Taille schlang. Ich genoss das Gefühl ihres Körpers an meinem. Ihre Brust, bedeckt von einem Pullover, den ich für zu dick hielt, presste sich gegen mich. Ihre muskulösen Beine umklammerten meine Hüften. Als ihre Nägel sanft über meine Kopfhaut kratzten, durchfuhr mich eine elektrisierende Erregung und ließ meinen Schwanz hart werden, noch bevor ich es richtig realisieren konnte. Ein unwillkürliches Stöhnen entfuhr meinen Lippen.

„Wenn ich gewusst hätte, dass du so reagierst, hätte ich dir das schon viel früher angeboten", scherzte ich.

Kapitel 5

Laura

Seine Hand glitt über die runden Enden meiner Ski und er fragte: „Freestyle?"

„Manchmal muss man rückwärts Ski fahren." Ich zuckte mit den Schultern.

James zog meinen Reißverschluss hoch. Ich schnallte meine Stiefel zur Hälfte zu und setzte einen Helm auf meinen Kopf. „Okay, ich bin fertig zum Losgehen."

„Handschuhe?" Er nahm meine Hände in seine, die Berührung ließ Zweifel an diesem Skiausflug aufkommen, denn ich hätte viel lieber gespürt, wie er mich überall berührte.

„Ähm", ich räusperte mich, „ich bevorzuge Fäustlinge. Sie halten mich wärmer."

Ich holte die Fäustlinge aus meinen Jackentaschen und zog sie an. „Wo ist deine Ausrüstung?"

„Bei den Tribünen. Komm mit."

Wir zogen unsere Skier an und schlängelten uns von der Familienlodge zu einem leeren Hubschrauberlandeplatz. James zog seine Skier eilig aus und half mir, meine auf den Helikopter zu packen. Wir kletterten hinten rein und setzten die Kopfhörer auf.

„Du fliegst nicht, James?", fragte ich.

„Heute nicht, Frau Young."

Er schloss die Tür und sicherte meinen Gurt.

„Moment, ich habe nur Spaß gemacht. Sie können tatsächlich fliegen?"

„Ich bin voller Überraschungen." Er zwinkerte. „Also, Laura? Wie gut kannst du Ski fahren? Ich muss dem Piloten sagen, wohin wir fliegen", sagte er.

„Ich kann mich behaupten. Überraschen Sie mich mit dem, was Sie haben."

„Denken Sie daran, dass es keine Hilfe geben wird, sobald wir den Gipfel erreichen."

„Keine Sorge, James. Ich freue mich darauf. Bringen Sie mich irgendwohin mit Pisten, aber vermeiden Sie Buckelpisten – ich hatte beim letzten Mal eine schreckliche Erfahrung. Ich war von oben bis unten mit blauen Flecken übersät, und mein Hintern sah aus wie ein Regenbogen nach einem Gewitter."

Er lachte, seine breiten Schultern wippten auf und ab. „Ich kenne den perfekten Ort."

Der Hubschraubermotor erwachte zum Leben. Die sich drehenden Rotorblätter ließen einen Schauer durch die Kabine fahren, und meine Knie zitterten.

„Bist du schon mal in einem Hubschrauber geflogen?", fragte er.

„Ich bin zu meinem 16. Geburtstag über den Grand Canyon geflogen. Es fühlt sich wie eine Ewigkeit an."

Ich starrte aus dem Fenster auf die Aussicht ins Tal unter uns. Schneebedeckte Berge ragten in einen blauen Himmel. Die Luft war frostig und klar, und die Lodge unter uns sah bezaubernd aus.

Als wir immer höher stiegen, klammerte ich mich an seinen Arm. „Wenn das nicht James Bond ist, der mich entführt, weiß ich auch nicht! Schau mal da drüben!" Ich nickte in Richtung des Flusses hinter der Lodge. „Ist das der Bach, der den Wasserfall speist?"

„Genau der."

Der Pilot drehte in Richtung Berg. Der kristallklare Himmel spannte sich wie ein azurblauer Baldachin über uns, während der nächtliche Schnee die Äste der Bäume mit einem zarten, weißen Schleier überzogen hatte. Trotz dieser Verwandlung blieb der Fluss unberührt.

Ich hielt seine Hand fest umklammert, bis wir landeten.

„Ich kann nicht glauben, dass das passiert." Der Klang meines Quietschens hallte durch das Tal. Wir holten unsere Ausrüstung und Lawinenrucksäcke, dann zogen wir uns warm an. Mit Skibrille über den Augen und einer Maske über dem Mund war ich bereit zum Skifahren. Der Hubschrauber hob ab und ließ uns auf dem Berggipfel zurück.

„Bereit für die Abfahrt, Laura?"

„Führ den Weg an!"

Er rammte die Skistöcke in den Schnee und ließ die Schwerkraft die Kontrolle übernehmen. Ich blieb dicht hinter ihm, eine Armlänge entfernt, und nahm eine ähnliche Route den Berg hinunter. Seine Skifahrkünste waren beeindruckend, als er anmutig durch den unberührten Pulverschnee glitt. Er floss den Berg hinunter mit einer mühelosen Leichtigkeit, jede Wendung flüssig und präzise. Die Kanten seiner Skier gruben sich in den Schnee, während ich hinter ihm herglitt und meinen Körper nahtlos an die Konturen des Berges anpasste.

Der steile Hang machte das Gelände anspruchsvoll, doch es fühlte sich wie ein Tanz an. Der schimmernde weiße Pulverschnee sprühte hinter uns in einem feinen Nebel, als wir unseren Abstieg machten und eine faszinierende Spur von Kristallen im Sonnenlicht hinterließen. Ab und zu sprang ich von einer Schanze, landete sanft und setzte meinen Lauf fort, ohne aus dem Takt zu kommen. Die frische Luft hielt mich wach und trieb mich an, schneller zu fahren, schärfer zu carven und mich bei jedem neuen Abschnitt der Piste herauszufordern.

Der eisige Wind peitschte gegen unsere Brust, als wir den

Hang hinunterrasten. Schon bald brannten meine Beine vor Erschöpfung, und wir machten auf einem Plateau eine Verschnaufpause. Die atemberaubende Aussicht erstreckte sich bis zum Horizont, während ich alles in mich aufnahm.

„Alles in Ordnung?", fragte er und schob seine Skibrille auf den Kopf.

Ich nahm meine Gesichtsmaske ab und atmete aus. Eine Dampfwolke folgte in der kalten Luft. „Heute ist der beste Tag aller Zeiten! Nichts kann das toppen, Silver. Nichts."

„Das werden wir ja sehen." Er zwinkerte.

Ich rümpfte die Nase und nahm einen Hauch von Rauch wahr.

„Riechst du das?", fragte ich.

„Es kommt von dort drüben." Er zeigte den Hang hinunter. „Komm mit."

Ich folgte ihm den Hügel hinunter in Richtung des Rauchs. Wir fuhren um eine Baumreihe herum und hielten vor einer Höhle an.

Ich erstarrte.

Ich hatte mich geirrt. Ich hatte mich so sehr geirrt zu denken, er könnte den Hubschrauber nicht toppen.

In der Höhle glitzerten die Wände wie ein Sternenmeer, das den zarten Schein unzähliger Kerzen einfing und zurückwarf. Das warme Licht enthüllte einen sorgfältig gedeckten Tisch für zwei, geschmückt mit zarten Tellern und funkelndem Glas. Ich keuchte, als mir klar wurde, dass er diesen magischen Moment orchestriert hatte. Jedes Detail, vom widerhallenden Tropfen des schmelzenden Schnees bis zum sanften Flackern der Kerzenflammen, machte es zu einem unvergesslichen Augenblick, einer Oase der Wärme und Romantik inmitten der kalten Majestät des Berges.

„James, das ... Das ist wunderschön."

„Ich hoffe, du dachtest nicht, ich wollte dich ohne ein richtiges Date ins Bett bekommen."

Ich löste meine Stiefel von den Skiern, und er tat dasselbe.

„Ein Date?", fragte ich. „Das ist viel mehr als ein Date. Ich ... ich kann nicht glauben, dass du das gemacht hast."

Wir stellten unsere Skier und Stöcke in den Schnee. Er nahm meine Hand und führte mich hinein. Ich konnte meinen Mund nicht geschlossen halten. Die Szene war absolute Perfektion. Er holte eine Flasche Rotwein aus einem Kühler und entkorkte sie mit schneller Präzision. Ein verführerisches Bouquet aus herbstlichen Blättern und süßen Brombeeren erfüllte die Luft der Höhle.

„Ich habe den Koch gebeten, dein Lieblingsessen zuzubereiten", sagte er und goss die rubinrote Flüssigkeit in zwei Gläser. „Ich hoffe, du hast Lust auf Steak und Kartoffelpüree."

„Echt jetzt?", sagte ich, immer noch ein wenig überrascht von der Aufmerksamkeit. „Woher wusstest du das?"

„Ich habe meine Methoden, Frau Young."

Er zog meinen Stuhl für mich zurück, damit ich mich setzen konnte, und nahm dann selbst Platz. „Lass uns essen", sagte er und hob sein Glas.

Wir stießen unsere Gläser aneinander, bevor wir einen Schluck des reichen und fruchtigen Weins nahmen. Das Steak war perfekt gegart, zart und saftig, und die Kartoffeln waren cremig mit der richtigen Menge Butter. Die Unterhaltung floss hin und her, von unseren Berufen bis zu unseren liebsten Kindheitserinnerungen. Mit jedem verstreichenden Moment fühlte ich mich mehr zu ihm hingezogen, fasziniert von seinen Geschichten und amüsiert von seinen Witzen.

Er räumte die Teller von unserem Abendessen ab und packte sie in einen Rucksack. Mir wurde bewusst, wie sehr ich den Rest der Welt vergessen hatte. Für diesen einen Moment zählte nur der wunderschöne Blick auf die Berge, der attraktive Mann mir gegenüber und die pure Romantik des Nachmittags. Ehe ich mich versah, waren die Kerzen fast heruntergebrannt, und wir mussten aufbrechen.

„Ich möchte nicht, dass dieser Nachmittag endet", flüsterte ich.

„Das muss er auch nicht", erwiderte er. „Wie verspannt bist du?"

Ich streckte meine Arme über den Kopf. „Ein bisschen. Der Pulverschnee war anstrengend."

„Dann sollten wir uns auf den Weg machen. Ich habe eine Überraschung für dich."

„Noch eine? Was ist es?"

„Es wäre keine Überraschung, wenn ich es dir verraten würde."

So verwöhnt zu werden, war ich nicht gewohnt. „James, wenn du versuchst, in meine Hose zu kommen, hattest du mich schon in der Tasche, als wir uns an der Tür trafen." Ich stellte mich auf die Zehenspitzen und gab ihm einen sanften Kuss auf die Lippen.

Ein Schrei hallte den Hang hinunter, und ich sprang zurück. Im nächsten Moment waren meine Stiefel festgeschnallt, und ich sauste auf meinen Skiern einem weinenden Jungen hinterher, der mit den Armen in der Luft wedelte. Bei dieser Geschwindigkeit würde er die Kurve nicht schaffen.

Ich raste hinter ihm her und verbreiterte meine Haltung. Ich ließ meine Skistöcke los und packte ihn unter den Armen. Meine Beine brannten von der Geschwindigkeit und dem Gewicht, als ich ihn vom Boden hob. Ich verlagerte mein Gewicht nach rechts und drehte meine Skier, um unseren Schwung zu stoppen. Eine Wand aus Pulverschnee schoss unter den Skiern hervor.

„Alles in Ordnung?", fragte ich.

„Ich konnte nicht anhalten!", weinte der Junge.

„Ist schon gut. Ich hab dich. Wie heißt du?"

„Trevor."

„Du bist Axel Wagners Sohn?"

Er nickte.

Ich blickte den Hang hinauf und sah James näherkommen, zusammen mit jemandem, den ich für Axel hielt.

„Seid ihr beide in Ordnung? Ihr seid wie der Blitz gefahren." James hielt kurz unter uns an, als wolle er den Hang sichern. Ich übergab Trevor seinem Vater.

„Vielen, vielen Dank. Das wissen wir wirklich zu schätzen."

„Gern geschehen. Es sieht so aus, als wäre der Riemen am Geschirr gerissen, aber Trevor hat sich gut geschlagen." Ich kniete mich neben den Jungen und untersuchte ihn, bevor ich mich wieder an Axel wandte. „Brauchen Sie Hilfe, um den Berg hinunterzukommen? Wenn Sie zwei Skistöcke benutzen, kann sich Trevor daran festhalten und zwischen den Beinen skifahren."

„Ja, danke. Das schaffe ich. Nochmals vielen Dank."

„Keine Ursache."

Wir fuhren den Hang hinunter, wobei Axel und Trevor dicht hinter uns blieben, um einen sicheren Abstieg zu gewährleisten, bevor wir unsere Skier abschnallten. Wir stellten sie in ein Gestell in der Nähe des Lobbyeingangs.

„Du nennst mich Bond, aber du bist diejenige, die hier die Show stiehlt, Laura."

Ich stöhnte, knackte mit dem Nacken zur Seite und streckte meine Arme über den Kopf. „Ich glaube, das werde ich morgen in meinen Knochen spüren."

Er hielt die Vordertür auf und deutete nach innen. Ich blieb sofort stehen, als ich das laute Geplapper an der Rezeption hörte. Cece und Candy, in Schneehäschen-Skianzüge gekleidet, tippten ungeduldig mit dem Fuß. Der Rezeptionist am Tresen hatte einen Hörer ans Ohr gedrückt.

„Mist." James wich langsam nach draußen zurück, und ich folgte seinem Beispiel.

„Sie suchen nach dir?"

„Ich weiche ihnen aus, seit wir angekommen sind."

„Du kannst einfach Nein sagen."

„Es ist nicht so einfach, wie es aussieht."

Ich kicherte.

Wir rutschten in unseren Skistiefeln über den schneebedeckten Weg. Der glitschige Boden zwang mich, mich an James festzuhalten, als ginge es um mein Leben.

„Wo gehen wir hin?", fragte ich, während wir dahinschlitterten.

„Wir nehmen den Hintereingang zum Spa, durch den Wartungsraum."

Wir hielten vor einer Stahltür an, und James tippte auf seine Uhr. Das Sicherheitslicht blinkte, und er drehte das Schloss auf. Ich folgte ihm hinein.

„Da haben wir ja unseren James Bond wieder!"

„Moment", er streckte die Hand aus und hielt mich zurück. „Halt diese Tür offen, während ich die andere aufmache, damit wir nicht ausgesperrt werden."

„Alles klar."

Er öffnete die innere Tür und winkte mich zu sich. Kurz darauf standen wir wieder vor dem Wasserfall und blickten nach oben.

„Ist das Spa etwa wieder geschlossen?", lachte ich, und mein Echo hallte durch den Raum.

„Dein Lachen...", begann er.

„Was?", ich neigte den Kopf.

Das Licht von oben spiegelte sich in seinen Augen. „Es ist bezaubernd. Dein Lachen klingt wie ein Lied. Du bist bezaubernd."

Er kam näher, und ich schloss die Augen, aber ich spürte nicht den Kuss, den ich erwartet hatte. Stattdessen beugte er sich zu meinem Ohr und flüsterte: „Ich habe das ganze Spa nur für uns reserviert."

Sein heißer Atem streifte mein Ohr, seine Wärme durchströmte meinen Körper. Ohne ein weiteres Wort kniete er sich hin und zog mir einen Skistiefel aus, dann den anderen. Er befreite sich schnell aus seinen eigenen, ergriff meine Hand, und wir gingen zum Spa.

Ich duschte im Damenbereich und erwartete halb, dass er zu

mir stoßen würde, aber er tat es nicht, und wir trafen uns wie vereinbart in der Sauna.

Die Hitze der Sauna traf mich wie eine Backsteinmauer und ließ meine Haut vor Schweiß glänzen. James saß auf einer der Holzbänke, ein Handtuch über seinen Schoß drapiert. Er bedeutete mir, mich neben ihn zu setzen, und ich kam der Aufforderung nach, wobei mein Blick über seinen harten, muskulösen Körper glitt. Er nahm einen Krug Wasser und goss ihn über die heißen Steine. Zischend stieg der Dampf auf und erfüllte den Raum. Ich schloss die Augen und atmete die Hitze ein, ließ sie in meine Poren eindringen.

Er setzte sich neben mich, sein Handtuch streifte meine Haut, und ich öffnete die Augen, drehte mich zu ihm.

„Was steht als Nächstes auf dem Programm?", meine Stimme zitterte. Trotz meiner früheren Kühnheit war ich mir nicht ganz sicher, worauf ich mich einließ.

Nein. Das war gelogen. Ich wusste genau, worauf ich mich einließ.

James grinste. „Lass dich einfach fallen und genieß den Moment."

Trotz meiner Bemühungen, seinem Rat zu folgen, war mein Verstand von meinem größten Verlangen beherrscht. Ihm. Ihm auf mir. Ihm in mir. Ihm überall um mich herum. Mein Kopf drehte sich von der Hitze, bis ich seine Hand spürte, die sich ausstreckte und auf meinem Knie ruhte, und all meine Sinne konzentrierten sich auf diese feurige Berührung. Seine Finger kneteten sanft die Haut, höher und näher an meinem Oberschenkel. Ich spreizte meine Knie und stöhnte leise, meine Augen flatterten auf, um ihn anzusehen. Ich wollte das Geräusch nicht machen, aber seine Berührung war quälend.

„Du bist wunderschön", hauchte er und suchte meinen Blick. „Weißt du das?"

Ich schluckte und spürte, wie mein Herzschlag sich beschleunigte.

Er beugte sich vor und küsste meine Wange, sein warmer Atem streifte meinen Hals hinunter. Er streckte sich über meinen Körper, hielt mich in einem Winkel und küsste die andere Seite meines Gesichts.

Ich wollte mich in seine Berührung schmiegen. Ich wollte, dass er mich küsste, bis meine Lippen wund und geschwollen waren. Ich brauchte seinen Mund auf meiner Haut und dass er mich nahm, wie mich noch kein Mann je genommen hatte. Der Gedanke, verschlungen zu werden, ließ meinen Körper in Flammen aufgehen und jedes Haar in meinem Nacken sich aufstellen. Aber ich zog mich zurück.

„Was ist los?", fragte er und strich mit seinem Daumen über meine Augenbraue.

„Ich habe gestern meine Pille vergessen. Ich... ich fange im Januar einen neuen Job an, und-"

„Kondome funktionieren. Sie sind zu 98 % effektiv."

„Die Pille ist zu 99 % effektiv. Wenn sie richtig eingenommen wird. Und da ich meine gestern vergessen habe..."

Ich verstummte und blickte in seine wunderschönen blauen Augen. Er küsste mich dann, seine Lippen pressten sich auf meine, und ich schmolz unter seiner Berührung dahin. Seine Zunge strich ganz sanft darüber, und ich stöhnte in seinen Mund. Meine untere Hälfte schmerzte vor brennendem Verlangen.

Seine Hände glitten zu meinen Schultern, ihr Druck zwang mich auf die Bank hinunter. Seine Finger kitzelten über meine Haut, als sie sich ihren Weg nach unten zum Sport-Top - oder war es ein Crop-Top? - bahnten und dabei Zentimeter für Zentimeter Haut freilegten, je weiter sie nach Süden wanderten. Er schob seinen Finger unter das Handtuch, und meine Brust wölbte sich nach vorn. Der Stoff fiel herunter und entblößte meine Brüste. Hitze strahlte von seinen Fingern aus, als sie eine brennende Spur um eine meiner Brustwarzen zogen und sie mit leichten Kreisen neckten, bis sie sich unter seiner Berührung verhärtete. Seine Finger kniffen sie sanft, dann nochmal fester, bevor er beide Brüste geschickt massierte. Ich entspannte mich gegen ihn, nach Luft schnappend, als seine Hände tiefer wanderten und sein Mund über mein Schlüsselbein glitt. Er drückte sich erneut gegen mich.

„Ich will dich, Laura." Seine Stimme war dick vor Verlangen.

Mir wurde schwindelig, und ich legte den Kopf in den Nacken, doch ein entschiedenes Klopfen an der Saunatür riss mich aus meinem Taumel.

„Herr James, die heißen Steine sind bereit."

James stöhnte.

„Verdammt. Ich habe die Massage vergessen." Er hielt inne und sah sich in der Dampfkabine um, als suche er nach einem perfekten Versteck. „Ich würde gerne zu Ende bringen, was wir begonnen haben, aber nicht hier."

„Aha", war das Einzige, was ich hervorbringen konnte.

Er hob mein Handtuch auf und wickelte es um mich, wobei er die Enden an meinen Brüsten festklemmte. „Komm schon. Du willst das nicht verpassen."

Er öffnete die Tür. Kühle Luft prallte gegen meinen Körper, und meine Beine fühlten sich wie Wackelpudding an, als wir der Masseurin in einen Raum mit zwei Liegen folgten.

Die einladende Atmosphäre beruhigte meine Nerven. Gedämpftes Licht betonte die Silhouetten strategisch platzierter Kerzen. In der Luft lag der sanfte Duft von Lavendel und Eukalyptus. Leise Instrumentalmusik spielte im Hintergrund und schuf einen Kokon der Ruhe, der meilenweit von der geschäftigen Welt draußen entfernt schien.

„Legen Sie sich bitte bäuchlings hin und bedecken Sie sich mit einem Handtuch."

Die Massageliege, bezogen mit sauberer, weicher Wäsche, lud ein. Ich ließ mich auf die Matratze sinken, öffnete mein Handtuch und ließ es locker über meiner Mitte hängen. Ich drehte meinen Kopf zur Seite und sah James auf der Liege neben mir liegen.

„Leg deinen Kopf in die Öffnung. Das wird bequemer sein."

Ich nickte und tat, wie er sagte. Als die Masseurin den ersten warmen Stein auf meinen Rücken legte, entfuhr mir ein unwillkürlicher Seufzer. Die Empfindung war unbeschreiblich. Sie legte weitere Steine, bis sie eine Reihe entlang meiner Wirbelsäule bildeten. Ich hob meinen Kopf und drehte mich wieder zu James. Ein heißer Stein rollte meinen Rücken hinunter.

„Bekommen wir die gleiche Behandlung?", fragte ich.

„Ja", murmelte er. „Aber ich habe das Gefühl, du weißt nicht, wie man sich entspannt."

Wie konnte ich mich entspannen? Ich war halbnackt in einem Raum mit einem köstlichen Mann, der mich verwöhnte.

James' Stimme durchbrach die Stille. „Lass einfach alle deine Gedanken los, Laura."

Ich schloss meine Augen und versuchte, mich zu entspannen. Ich konzentrierte mich auf meine Atmung und spürte, wie jeder Stein Wärme auf meinem Rücken ausstrahlte und die Knoten in meinen Muskeln löste. Die Steine, perfekt erhitzt, fühlten sich wie winzige Sonnen an, deren Wärme den zarten Schmerz in meinen Gliedern linderte. Jeder einzelne löschte die Spannungen und Sorgen, die sich in jede Ecke und jeden Winkel meines Seins eingenistet hatten.

Die geschickten Hände der Therapeutin tanzten im Einklang mit den Steinen über meine Haut, und ich glitt in einen Zustand völliger Entspannung. Wärme schmolz meine Sorgen dahin, bis nur noch selige Stille übrig blieb. Als sie die Steine über meine Haut gleiten ließ, lösten sich die Knoten und Verspannungen in meinen Muskeln. Das Gewicht und die Hitze zogen den Stress heraus und hinterließen Gelassenheit. Ab und zu ersetzte die Therapeutin einen abgekühlten Stein durch einen frisch erwärmten, um während der ganzen Sitzung eine gleichbleibende und umhüllende Wärme zu gewährleisten. Kleinere Kieselsteine fanden ihren Weg in meine Handflächen, zwischen meine Zehen und schmiegten sich sogar in die Kurve meines Nackens. Jede Platzierung fühlte sich gezielt, präzise und ungemein wohltuend an.

Während sie sich vom Nacken über die Schultern bis hinunter zur Wirbelsäule vorarbeitete, überkam mich ein Gefühl vollkommener Entspannung. Jeder Gedanke und jede Sorge verflüchtigte sich, ersetzt durch den rhythmischen Tanz von Wärme und Druck.

Die Masseurin entfernte die Steine und begann mit sanften Streichbewegungen. Plötzlich veränderte sich etwas. Die Berührungen wurden stärker, der Druck intensiver, die Finger fordernder. Mit einem Schlag wurde mir klar: Das waren James' Hände.

Kapitel 6

James

Das Spa war ein Meer der Ruhe. Sanfte Musik spielte, während meine Masseurin die Verspannungen in meinen Schultern löste und das ätherische Zitronengrasöl meine Sinne beruhigte. Dennoch konnte ich mich nicht entspannen.

Ich hob meinen Kopf und drehte mich zur Seite, wobei ich den Blick der Masseurin auffing. Sie wich auf meine stumme Bitte hin zurück. Ich legte meinen Zeigefinger an die Lippen und bat Lauras Masseurin, ruhig zu bleiben. Sie entfernte die letzten heißen Steine von Lauras Rücken und ging, während ich ihren Platz einnahm.

Laura lag auf dem Bauch. Ihre Schultern hoben und senkten sich mit jedem ruhigen Atemzug. Ich ließ meinen Blick über ihren Körper wandern, über die schlanken Muskeln, die ihre sonnengeküsste Haut definierten. Ich goss Massageöl in meine Handflächen und ließ meine Hände ihren Nacken hinunter und zu ihren Schultern gleiten, wobei ich die Spannung knetete.

Sie zuckte.

„James?", versuchte sie, sich aufzusetzen, aber ich drückte sie sanft nach unten.

„Entspann dich einfach."

Sie sog scharf die Luft ein, protestierte aber nicht. Ich verbarg ein Lächeln und hielt meine Berührungen fest, aber nicht hastig. Ihre Schultern spannten sich für einen kurzen Moment an, bevor sie sich in meine Hände entspannten. Ich arbeitete mich die Mitte ihres Rückens hinunter. Ein leiser Laut entfuhr ihr, nicht ganz ein Stöhnen, aber genug, um meine Lenden zu spannen. Ein sichtbares Zittern durchlief sie bei ihrem zittrigen Ausatmen, als sie sich auf der Liege entspannte.

Meine Hände glitten entlang ihrer Wirbelsäule und um ihre Seiten, wobei ich sanfte Kreise über ihren Brustkorb rieb. Ihre Haut war seidenweich und schmiegte sich unter meinen Händen, warm bei der Berührung. Ich atmete den Duft ihres blumigen Shampoos ein und etwas Dunkleres, Ursprünglicheres. Mir lief das Wasser im Mund zusammen vor dem Drang, sie zu schmecken.

Ein weiteres Stöhnen, diesmal lauter. Ihre Hüften bewegten sich auf der Liege, die Schenkel öffneten sich leicht. Ich unterdrückte ein Stöhnen bei diesem Anblick, während sich Hitze in meinen Hoden sammelte.

Meine Hände wanderten zu den angespannten Muskeln ihres Hinterns. Ihr Atem stockte – aber sie sagte mir nicht, dass ich aufhören sollte. Ich nahm es als Erlaubnis, meine Erkundung fortzusetzen, und strich an ihren Innenschenkeln entlang. Sie zitterte unter meiner Berührung, wobei ihr bei jedem Atemzug leise Lustlaute entwichen. Meine Finger glitten zwischen ihre Beine und fanden sie heiß und feucht vor, Verlangen pulsierte durch ihr Fleisch.

Sie gehörte mir.

„Dreh dich um", stöhnte ich und gab ihr kaum Platz, sich zu bewegen, aber sie gehorchte und hielt das von ihrem Körper rutschende Handtuch fest, während sie sich auf den Rücken drehte.

Ich bewegte mich zum Kopfende der Liege und strich mit meinem Daumen ihre Kehle hinunter, wobei ich die Stärke ihres

Pulses spürte. Schnell und unregelmäßig. Sie war nervös. Oder vielleicht aufgeregt?

Ich fuhr zärtlich mit meinen Fingern ihren Hals entlang und beruhigte den empfindlichen Bereich, der zu oft unbeachtet blieb.

„Was machst du?", fragte sie.

„Ich sorge für dich." Ich umfasste ihren Kopf mit meinen Handflächen und grub meine Finger in ihren Hinterkopf, wobei ich Kreise rieb. Ich übte Druck aus.

Sie seufzte und gab nach.

„Braves Mädchen."

„Wir können nicht – oh!"

Doch, das können wir.

Während ich mich zu ihrem Schlüsselbein vorarbeitete, schmolzen ihre sanften Proteste zu einer Kombination aus unbeabsichtigten Quieken und Stöhnen. Ihr Rücken wölbte sich und ihre Brust hob sich. „Was, wenn jemand reinkommt? Wir geraten in Schwierigkeiten."

Ich lachte über die belanglose Panik in ihren Augen.

„Ich sag's niemandem, wenn du's auch nicht tust." Ich ließ meine Finger an ihrem Brustkorb entlanggleiten und hielt dann inne. „Aber dies ist das Alter der Einwilligung, also wenn du möchtest, dass ich aufhöre, werde ich das tun."

Die Frage war, ob ich es konnte. Sie blieb still, aber ihre leicht geöffneten Lippen, ihre geröteten Wangen, ihre verzweifelten Augen und die harten Brustwarzen unter dem dünnen Handtuch, das uns trennte, sagten mir genau das, was ich hören wollte.

„Dein Körper sagt mir, dass ich weitermachen soll, meine Schöne, aber ich muss es hören."

Sie erschauderte, Verlangen flackerte in ihrem Blick. Genau. Ich konnte sie lesen wie ein offenes Buch.

„Mach weiter", flehte sie. „Bitte, hör nicht auf."

„Braves Mädchen."

Ich senkte mich zu ihrem Schlüsselbein und ließ meine

Lippen ihren Hals hinauf wandern, bis ich ihr zartes Ohrläppchen erreichte. „Ich werde dich so gut fühlen lassen. Du wirst für den Rest deines Lebens von mir träumen." Meine Lippen streiften über ihr Ohrläppchen.

Sie sog schnell die Luft ein, und ich übernahm, wiederholte die Spur von Küssen ihren Hals hinunter und kostete die Palette ihrer Haut. Ihre Nägel gruben sich in meine Arme, als ich sie neckte und mit dem Rand des Handtuchs über ihren Brüsten spielte.

„James", hauchte sie meinen Namen wie ein Gebet. „Du bist ... du bist unmöglich."

„Und du bist unwiderstehlich."

Ich zog am Ende des Handtuchs. Es rutschte herunter. Ihr Atem stockte in ihrer Kehle, als sie entblößt dalag, ihre rosafarbenen Brustwarzen standen wie kühne Wächter gegen ihre elfenbeinfarbene Haut. Ich kreiste mit meinem Finger um ihren Bauchnabel und beobachtete, wie sich eine Gänsehaut über ihren Bauch ausbreitete.

Die Nachmittagssonne strömte durch das Oberlicht und berührte sie. Das Massageöl ließ ihren Körper verführerisch glänzen. Ihre gepflegte Muschi hatte einen Streifen Haare in der Mitte. Mir schoss das Blut in die Lenden, als ich dem Drang widerstand, auf die Knie zu fallen und sie zwischen ihren Beinen anzubeten. Aber zuerst würde ich ihren Körper verehren.

Sie lag nackt und ausgebreitet vor mir, vor Hitze summend, während sie die Laken an ihren Seiten umklammerte. Ich rieb Massageöl in meine Handflächen, ging zum Fußende des Massagetisches und legte meine Hände um ihre Schienbeine, wobei ich meine Finger in ihre Waden drückte. Sie schloss mit einem weiteren Stöhnen die Augen, und mein Schwanz zuckte unter meinem sich aufbauschenden Handtuch. Es wäre so einfach gewesen, sie zu nehmen.

Stattdessen bearbeitete ich ihre andere Wade, bevor ich um den Tisch herumging und meine Hände höher gleiten ließ, bis ich ihre Oberschenkel erreichte. Ich verteilte das glitschige Öl über ihre Haut und knetete meine Finger tief ins Gewebe. Je höher ich kam, desto weicher fühlte sie sich an.

Sie lächelte, und ich machte weiter - auf und ab, über die Dicke ihres Oberschenkels, langsam auf dem Weg zu ihrer Hüfte. Ich stand in der Mitte ihres Körpers, beugte mich tief hinunter und berührte ihre Brustwarze mit meiner Zunge. Ein leises Wimmern entfuhr ihren Lippen, und ihre Augen flogen auf, ihre Finger verwoben sich in meinem Haar. Ich verteilte Küsse um ihre aufgerichtete Brustwarze, bevor ich die Spitze mit meiner Zunge umkreiste und sie in meinen Mund saugte.

„Ja." Ihr Hintern hob sich vom Bett, und meine Hand schoss zu ihrer Hüfte, um sie festzuhalten.

Sie zog mich näher und zwang mehr von ihrem Fleisch in meine Hand und meinen Mund. Das Handtuch fiel von meinen Hüften.

„James...", hauchte sie.

Ich umfasste beide Brüste mit meinen Händen und nahm dann eine steife Brustwarze in meinen Mund, während ich die andere zwischen Zeigefinger und Daumen rollte. Meine Ohren registrierten ihre heiseren Schreie, die mich anspornten, also zog ich härter, während ich schneller rollte, als sie sich aufbäumte. Mein Schwanz pochte, und ich ließ meine Hand zu ihrer Muschi hinabgleiten, meine Finger glitten durch die Schamlippen. Ich spreizte sie auseinander und fuhr mit meinen Fingern über ihre bedürftige Möse, sammelte ihre Essenz und zog sanft nach oben über ihren Kitzler.

Ich hob meine Hand zu meinem Mund und bekam meinen ersten Geschmack von ihr. Sie schmeckte nach purer, süßer Verzweiflung. Meine Finger kehrten zu ihrem harten kleinen Kitzler zurück und zogen langsame Kreise um die Knospe, während ich zusah, wie ihre Augen zurückrollten und ihre Lippen sich teilten. Ihr lüsterner Körper bäumte sich unter meiner Hand auf. Ich schob einen Finger tief in ihre enge

Muschi, und sie keuchte, ihr Rücken bog sich vom Tisch, als ich mit den langsamen, rhythmischen Stößen begann.

Beim nächsten Stoß ließ ich einen weiteren Finger in sie gleiten und schob beide hinein, füllte sie tief aus und dehnte ihr enges kleines Loch.

„James." Mein Name auf ihren Lippen war pure Ekstase, und ich steigerte das Tempo. Ihre inneren Wände zogen sich um mich zusammen, als ich noch tiefer vordrang und den Punkt entdeckte, der ihre Welt vor Lust verstummen ließ. Sie war feucht und bereit, ihre Hüften wiegten sich in einer nicht gerade subtilen Bitte, und ich rieb meinen Daumen über ihren Kitzler, um sicherzustellen, dass sie Sterne sehen würde.

Ich würde sie verdammt nochmal alle sehen lassen - nur. Noch. Nicht.

Sie schrie auf, eine Hand flog zurück, um mein Handgelenk zu ergreifen. Aber sie stieß mich nicht weg - sie hielt sich einfach fest, ihr Griff wurde mit jedem Stoß meiner Finger fester. Ich beugte mich hinunter, um an ihrem Hals zu knabbern, und schmeckte Salz.

Ich behielt meine Finger in ihr und zog eine Reihe von Küssen das Tal zwischen ihren Brüsten hinunter, über ihren Bauchnabel und die Landebahn hinab, bis meine Lippen ihren Kitzler fanden und ich mit meiner Zunge über die Stelle leckte.

„James!" Ihr Rücken hob sich vom Tisch, und ihre Hände flogen zu meinem Kopf und drängten mich nach mehr. „Meine Güte, hör nicht auf", keuchte sie.

Ich schlürfte ihre Süße. Sie war nah dran, ihre inneren Muskeln flatterten um meine Finger wie die Flügel eines gefangenen Vogels.

Ich krümmte sie in ihr, suchte nach dem Punkt, während ich meine Zunge gegen ihren Kitzler presste.

„Bitte, James." Ihre Augen öffneten sich weit, und ihre Lippen teilten sich mit einem Stöhnen, ihr Atem gebrochen und keuchend. „Ich brauche dich in mir."

Jetzt war sie bereit.

Es kostete große Willenskraft, meine Finger aus ihrer süßen Muschi zu ziehen. Sie glitten durch ihre Falten, um ihre Lust zu verlängern. Ich leckte meine Finger ab und schmeckte noch einmal ihre moschusartige Süße. Sie war ein Aphrodisiakum, das mich verrückt machte. Ich richtete mich auf, betrachtete ihren glühenden Körper und umfasste meinen Schwanz. Ich strich zweimal darüber, befeuchtete meine Haut mit ihren Säften und meinem Speichel und bewegte mich zurück zum Fußende des Tisches. Ich packte ihre Knöchel und verschob ihren Körper, bis ihre köstliche Muschi bequem meinen Mund traf. Ich schloss meinen Mund um ihr Fleisch und versprach eine schnelle Erlösung.

„Genau da", ihre Stimme war ein heiserer Schrei, als sie ihre Finger durch mein Haar wob, „genau da."

Ich leckte härter und schneller. Sie ritt mein Gesicht, ihre Hüften wippten auf und ab, drückten sich in meinen Mund, bis ihre Beine sich anspannten, ihre Muskeln zitterten und ihr Körper in Schüben zuckte.

Fast da.

Ich konzentrierte mich auf ihren Kitzler, hielt einen stetigen Rhythmus aus Lecken, Beißen und Saugen, bis sie vor Glückseligkeit aufschrie. Und dann saugte ich härter, beide Finger pumpten in ihre schlüpfrige Möse hinein und heraus.

„Komm für mich, Laura", murmelte ich gegen ihren glänzenden Schlitz und biss sanft auf den süßen Punkt. „Komm in meinen Mund."

Meine Stimme war rau vor Verlangen.

Ein gebrochenes Schluchzen entfuhr ihren Lippen, ihre Schenkel klemmten sich um meine Hand, um mich noch tiefer hineinzuziehen. Sie hob ihre Muschi und erstarrte in einem Meer aus Zittern, als der Orgasmus durch ihren Körper riss.

„Ahh!"

Sie verkrampfte sich um meine Finger, ihre geschwollenen

Falten pulsierten in meinem Mund, als sie zersplitterte, ihr Höhepunkt zuckte in Wellen. Ich schlürfte ihre süßen Säfte, küsste über die empfindliche Knospe, leckte durch die Nachwehen, immer und immer wieder, bis sie sanft gegen meinen Kopf drückte und ich zurückwich.

Mein Schwanz pochte vor Härte und Verlangen, ein Tropfen Vorsaft tropfte von der Spitze.

Kondom. Sofort.

Aber ich konnte nicht lange genug wegschauen, um in die Tasche meines Bademantels zu greifen. Die untergehende Sonne tauchte ihren göttinnengleichen Körper in ein orangefarbenes Licht. Sie glänzte vor Schweiß und meinem Speichel, wunderschön und so verdammt unwiderstehlich... Für immer wäre einfach nicht genug. Sie fühlte sich an wie mein Anfang und mein Ende.

Ich kletterte aufs Bett und spreizte ihre Beine weit. Mein Schwanz lag an ihrem Bauch gepresst und versank in ihren weichen Kurven, als ich ihre Lippen einfing. Ich fuhr mit meinem Finger erneut über ihre feuchte Spalte und sie lehnte sich mit einem Stöhnen zurück. „Mmm..."

Sie sah mich mit halbgeschlossenen Augen an und schlang ein Bein um meinen Hintern, um mich nach vorne zu ziehen. Mein Schwanz ruhte zwischen unseren gespreizten Gliedmaßen, bereit, tief in sie einzudringen.

Die Lichter flackerten über uns.

Ich konnte nicht länger warten – ich musste sie haben. Ganz und gar. Sie blinzelte, ein sanftes Lächeln umspielte ihre vom Küssen geschwollenen Lippen.

„James", flüsterte sie wieder und streckte sich nach mir aus. „Nimm mich."

Ein Stöhnen entfuhr meiner Kehle, als sie mein Gesicht umfasste und mich hungrig küsste. Konnte sie die Süße von ihr schmecken, die noch in meinem Mund hing? Schauer liefen meinen Rücken hinunter bis zum Steißbein. Unsere Körper verschmolzen nahtlos von der Brust bis zur Taille, als ich ihre geschwollenen Lippen in Besitz nahm. Und dann gingen die Lichter aus.

Wir erstarrten, zu einem Körper verschmolzen, mein Schwanz bereit, ihr das Hirn rauszuvögeln. Ein leichtes Zittern irgendwo im Tal zwang uns, uns auf dem Massagetisch aufzurichten.

„Was war das?", fragte sie.

„Scheiße."

Mein Herz schoss mir in den Hals. Ich rollte mich blitzschnell von der anderen Seite des Tisches und taumelte auf die Füße, wobei meine prallen Eier mich aus dem Gleichgewicht brachten.

Laura richtete sich hastig auf und warf sich einen Bademantel über die Schultern, während ich mein Handy überprüfte.

„Ist alles in Ordnung?", fragte sie. Sorgenfalten zogen sich über ihre Stirn und Panik ließ ihre Wangen erröten.

„Ja und nein. Das Beben kommt von der Pistenraupe. Sie präparieren die Pisten für morgen."

Sie lehnte sich gegen den Tisch. „Gott sei Dank. Ich dachte, es wäre ein Erdbeben."

„Ich dachte, es wäre eine Lawine", sagte ich.

„Was ist schlimmer?", fragte sie.

„Beides ist schlimm", sagte ich und runzelte die Stirn, als ich die Nachricht auf meinem Handy las. Sie war von Tiffany.

Verdammtes Timing.

„Was ist los?", fragte sie.

„Ich muss gehen."

„Was?"

„Es tut mir so leid, Laura, aber es ist dringend." Ich hob ein Handtuch vom Boden auf und wickelte es um meine Hüften. Verdammtes Timing. Meine Ex hatte schon immer ein grauenhaftes Timing.

„Ich sollte sauer auf dich sein", sagte Laura und fuhr mit einem Finger über meinen Kiefer. „Aber das war unglaublich."

Ich drehte meinen Kopf, um einen Kuss auf ihre Handfläche zu drücken. „Das ist noch nicht vorbei. Das war nur die Vorspeise, Schöne."

Sie biss sich auf die Lippe und ich küsste ihr Handgelenk, spürte ihren flatternden Puls. „Ich treffe dich in unserer Suite. Leg dich ins Bett und warte dort auf mich. Und du bleibst gefälligst nackt."

Mein Handy piepste erneut.

Verdammte Tiffany.

Ich eilte in den Umkleideraum und zog mich hastig an, wobei ich leise vor mich hin fluchte.

Als ich nach draußen in die eisige Nacht stürmte, vibrierte mein Körper noch immer vor Verlangen, und ich war dankbar für die kalte Luft, die meine Erregung dämpfte. Tiffany hatte in den letzten zehn Minuten fünfmal angerufen und vor einer Minute ROT getextet.

Wir hatten einen Code. ROT bedeutete dringend.

Tiffany ging beim ersten Klingeln ran.

„James? Ich bin so froh, dass du zurückrufst."

„Was ist der Notfall?", fragte ich. Es konnte nicht unsere Tochter sein, denn Kensi war bei meinen Eltern.

„Ich wollte dir nur Bescheid geben, dass ich es doch zu Weihnachten schaffe."

„Der Sturm wird über Nacht ziemlich heftig werden, Tiff."

„Ich weiß, das schlechteste Timing wie immer. Mein erster Flug wurde gestrichen, aber ich konnte umbuchen."

Der Wind blies eine Wolke aus Schneeflocken heran und der Knoten in meiner Brust zog sich fester zu.

„Wir haben vereinbart, dass Kensi die Woche nach Neujahr bei dir verbringt." Ich hauchte warmen Atem in meine Hände und beobachtete, wie der Schnee fiel. Der Sturm wurde stärker und hüllte die Welt in Weiß.

Das Telefon rauschte statisch.

„Weihnachten ist nicht dasselbe ohne euch beide", sagte sie.

„Tiff, wir haben vereinbart-"

„Ich weiß, was wir vereinbart haben, aber die Dinge haben sich geändert."

Nichts hat sich geändert.

Mehr statisches Rauschen kam durch das Telefon. Ich trat gegen einen Schneehaufen. Als ich Kensi von Tiffs Haus abholte, war meine Ex begeistert davon, kinderlos zu sein, solange keine Frau in meine Nähe kam.

Es war ein seltsames Phänomen: Wann immer ich das Haus verließ, schien Tiff es zu wissen. Ihre unheimliche Intuition führte sie immer dorthin, wo ich hinging und mit wem ich mich traf. Laura tauchte zum perfekten Zeitpunkt in meinem Leben auf, und irgendwie bekam Tiff Wind davon. Sich in mein Liebesleben einzumischen war wie ihr sechster Sinn.

„Das Wetter ist schlecht", sagte ich ihr. „Du solltest in New York bleiben."

„Ich muss Kensi und dich sehen. Ich habe euch etwas zu sagen."

Schneeflocken schmolzen auf meinem Gesicht.

„Bleib in New York und warte bis nach Neujahr. Es ist zu gefährlich zu fliegen."

„Ich halte es nicht aus, bis-" Ihre Stimme brach ab, ersetzt durch mehr Rauschen.

„Scheiße!"

Das Telefon fiel mir aus der Hand und rutschte in eine Schneewehe. Ich hob es vom Boden auf und wischte es trocken, bevor ich wieder hineinging. Gabe und Hunter saßen an der Bar, in ein tiefes Gespräch vertieft. Ich ging zu ihnen.

„Worüber seid ihr zwei so ernst?"

„Schau auf dein Handy. Wir haben gerade eine Lawinenwarnung bekommen", sagte Gabe.

„Lawine? Ich hatte gehofft, der Sturm würde die Flugzeuge aufhalten, nicht die Pisten."

„Der Winter zeigt dieses Jahr seine Zähne", sagte Hunter.

„Ich sehe, du hast die Zwillinge abgeschüttelt", sagte ich.

„Vorerst. Ich hätte sie nicht mitbringen sollen. Frauen bringen nur Ärger. Basta.", antwortete Hunter.

Gabe drückte Hunters Schulter, fest genug, um seinen Punkt klarzumachen. „Sagt der Achtzehnjährige, der zwei Mädchen in weniger als achtundvierzig Stunden kaltgestellt hat. Hast du keine Angst, dass du dir Chlamydien einfängst?"

Hunter schüttelte den Kopf und sagte: „Verpiss dich. Du hast Joanne, und James hat einen neuen Fang. Wie heißt sie? Laura? Ich habe sie am Aufzug getroffen."

„Sie ist kein Fang, und ich habe größere Probleme", sagte ich mit einem Grunzen. „Tiffany kommt zu Weihnachten."

„Bei diesem Wetter?", fragte Gabe.

„Du kennst Tiff. Wenn sie hinter etwas her ist, kann sie nicht einmal ein Sturm aufhalten."

Gabe holte sein Handy aus der Gesäßtasche und wischte mit dem Finger über den Bildschirm. „In welchem Flug sitzt sie? Ich kann ihn stornieren lassen."

Mein Bruder war ein genialer Ermittler, Leibwächter und Hacker. Ich leitete ihm Tiffanys Nachricht weiter, und dreißig Sekunden später bestätigte er: „Erledigt. Tiff wird Weihnachten in New York verbringen. Sie wird allerdings stinksauer sein."

„Ich werde mich um Tiff kümmern, wenn es so weit ist, aber ich bin froh, dass sie vorerst nicht hier sein wird. Jetzt mal im Ernst, Hunter, was hast du mit den Zwillingen gemacht? Ich würde ihnen gerne aus dem Weg gehen, wenn ich kann."

Hunter schenkte mir ein Glas Whiskey on the rocks ein. „Sie sind draußen am Schwimmen."

„Bei diesem Wetter?"

„Der Pool ist heiß genug."

Ich nahm einen Schluck aus dem Glas. Der Alkohol glitt wie Honig meine Kehle hinunter und wärmte mich von innen. Ich kippte das Glas weiter und leerte es.

„Warum die Eile?", fragte Gabe.

„Ich habe eine nackte Frau, die in meinem Bett auf mich wartet, also ... Prioritäten. Wir sehen uns morgen." Ich stellte das Glas auf die Bar, klopfte jedem meiner Brüder auf den Rücken und machte mich auf den Weg zu meiner Suite.

Ein elektrischer Schauer lief mir über den Rücken, als ich die Schlüsselkarte durchzog. Mein Herz setzte für einen Moment aus, als ich den Raum betrat, ein schiefes Grinsen breitete sich auf meinem Gesicht aus, aber als ich die Tür öffnete, war die Szene vor mir nicht das, was ich erwartet hatte.

Anstatt Laura nackt auf dem Bett liegend zu sehen, war sie auf einem Sitzsack in der Nähe des Tisches zusammengerollt. Kensi war in die Ecke des Sofas gekuschelt, ihr Nachthemd reichte kaum bis zu ihren Knien, und eine Decke hing halb vom Sofa. Ein Haufen Spielzeug quoll vom Tisch, darunter die winterthematischen Puzzles, die sie sich zu Weihnachten gewünscht hatte.

Ich streckte die Hand aus und berührte zärtlich ihre Stirn, während ich mich neben sie setzte. Sie kuschelte sich an meine Seite und öffnete kaum die Augen. „Hi, Papa." Ich strich ihr die Haare aus der Stirn und spürte, wie sich in meiner Brust ein Gefühl der Liebe ausbreitete.

„Hey, Kleine", flüsterte ich.

Kensi lächelte im Schlaf. Der Anblick war so zärtlich und so unerwartet, dass sich meine Gefühle von raubtierhaft zu väterlich wandelten.

„Komm, Schatz. Lass uns dich ins Bett bringen."

Ich hob Kensi behutsam hoch und trug sie in ihr Zimmer. Laura regte sich und erhob sich von dem Sitzsack.

„Du bist zurück."

„Ich hatte gehofft, dich allein vorzufinden", flüsterte ich. „Warte kurz."

Ich legte Kensi in ihr Bett und deckte sie zu, bevor ich zu Laura zurückkehrte. Sie saß auf der Kante meines Bettes, mein T-Shirt bedeckte kaum ihre Oberschenkel.

„Kensi hat dich vermisst, also hat deine Mutter sie für ein paar Spiele vorbeigebracht, und dann sind wir eingeschlafen", sagte sie. „Sie ist aufgeregt wegen des Weihnachtsmanns und war sich sicher, dass er heute kommen würde."

Kensi sagt seit einer Woche „heute", als ob der Weihnachtsmann sie hören würde. Lauras Bein schwang in einer einladenden Bewegung hin und her. Also folgte ich der Einladung.

„Noch ein Tag, und morgen kocht die ganze Familie und macht sich bereit. Das wird Spaß machen."

Ich setzte mich neben sie aufs Bett. Die Matratze gab unter meinem Gewicht nach, und Laura neigte sich zu mir, während sie zu mir aufblickte.

„Moment, ich komme mit?"

„Natürlich."

Ich legte meinen Arm um sie und zog sie eng an mich.

„Aber das ist doch eine Familienangelegenheit."

Ihre Stimme zitterte. Zum Glück waren wir nur Sekunden davon entfernt, dass ich sie mit meinem Mund zum Schweigen bringen würde.

„Es ist eine Weihnachtssache, und jeder macht mit." Ich beugte mich zu ihr, mein Atem streifte sanft ihr Ohrläppchen. „Sogar das Personal. Sehr ungezwungen. Wie ein Familienessen."

Sie erschauderte in meinen Armen. Wie konnte ich sie nur davon überzeugen, dass dies erst der Anfang war?

Meine Gefühle für Laura waren über das hinausgewachsen, was ich erwartet hatte. Sie war weit mehr als eine Angestellte – sie war zu jemandem Besonderem geworden. In weniger als achtundvierzig Stunden war sie zu jemandem geworden, den ich mir in unserem Leben vorstellen konnte.

Ich näherte meine Lippen den ihren, als ich hörte: „Papa?"

Unsere Lippen trennten sich, bevor sie sich überhaupt berührten. Kensi stand in der Tür und rieb sich die Augen. „Kann ich heute Nacht in deinem Bett schlafen?"

Ich blickte zu Laura hinüber, die ermutigend nickte.

„Natürlich, Schatz. Komm her." Ich hob sie aufs Kingsize-Bett und legte sie in die Mitte. Laura schlüpfte leise unter die Decke und kuschelte sich auf der einen Seite von Kensi ein, während ich mich auf der anderen Seite hinlegte.

Laura drehte sich auf ihre rechte Seite und stützte sich auf ihren Ellbogen, zur Mitte gewandt. „Ich freue mich dann auf morgen."

Ich drehte meinen Kopf in ihre Richtung. „Ich auch."

Wir starrten einander an, mit Kensi zwischen uns, die sich in dem riesigen Bett wie eine Familie einkuschelte, bis wir beide in den Schlaf drifteten.

Kapitel 7

Laura

Ich betrat die geschäftige Küche, Kensis Hand in meiner, und gesellte mich zur Silver-Familie um eine große Marmorinsel. Die festliche Atmosphäre umhüllte mich augenblicklich und berauschte alle meine Sinne. Rote und grüne Dekorationen schmückten jede verfügbare Oberfläche, funkelnde Lichterketten verbreiteten einen warmen Schein, und der Duft von Lebkuchen und Glühwein erfüllte die Luft. Es war, als wäre ich in eine Weihnachtspostkarte getreten, die mich zugleich nostalgisch und übermütig stimmte. James' Mutter bemerkte uns zuerst.

„Laura, ich freue mich so, dass du bei uns sein kannst."

„Guten Morgen, Oma." Kensi warf ihre Hände in die Luft. Teresa beugte sich hinunter, und Kensi schlang ihre Arme um ihren Hals und drückte ihr einen dicken Kuss auf die Wange. „Es ist Heiligabend, Oma!"

„Ja, das ist es. Guten Morgen, Schätzchen. Wie hast du geschlafen?"

„Ich habe von Santa und Rentieren und Santas Helfern geträumt, weil sie noch nicht mit der ganzen Arbeit fertig sind und Weihnachten schon fast da ist. Und dann bin ich aufgewacht und Laura war da und Papa auch."

Meine Wangen erwärmten sich, als ich Teresas Lächeln sah.

„Oh, das klingt nach einem perfekten Traum und einem perfekten Morgen. Hol dir ein Scone und ich schneide es für dich."

Kensi ging zum Tisch mit den Gebäckstücken und Teresa wandte sich mir zu.

„Es tut mir leid, dass mein Sohn heute Morgen nicht da ist. Diese Jungs von mir arbeiten immer."

Vielleicht war es besser, dass James noch nicht hier war. Er war heute Morgen früh zu einem Treffen mit seinen Brüdern aufgebrochen, was mir Zeit gab, den langen Orgasmus zu verarbeiten, den er gestern im Massageraum aus mir herausgeholt hatte. So unglaublich das auch war. Ich wollte, dass er mehr tat. Viel mehr. Ich wollte, dass er mich bewusstlos fickt, bis ich zusammenbreche und um Gnade bettele. Die Erinnerung an seine raue Stimme, schmutzige Worte und eifrigen Finger hatte sich in mein Gehirn eingebrannt. Jedes Mal, wenn ich an ihn dachte, wie er auf mir und in mir war, wurde ich heiß und schmolz dahin, sammelte mich in meinem Kern. Wir waren so nah ... aber wurden immer unterbrochen.

Ich räusperte mich.

„Danke, dass ich dieses Weihnachten bei euch sein darf. Ich hatte heute Morgen Spaß mit Kensi. Wow", hauchte ich und nahm die Atmosphäre in mich auf. „Alles sieht wunderschön aus."

Teresa schwenkte ihren Arm durch den Raum, als wäre sie Mary Poppins, die das Zuckerstangen- und Mistelzweig-Weihnachtsthema hervorgezaubert hatte. Es gab schon überall so viel Essen, die Kücheninsel quoll über vor Kuchen, gesunden Snacks und noch mehr Kuchen. „Es ist kein Weihnachten ohne Familienessen und alles Drum und Dran."

Kensi kam zurück und zupfte an meiner Hand, ihre Augen weit vor Aufregung, während sie auf den Zehenspitzen wippte. „Laura, glaubst du, der Weihnachtsmann kommt heute Nacht?"

Ich ging in die Hocke, um ihrem Blick zu begegnen, und gab

ihr ein verschwörerisches Zwinkern. „Ich habe gehört, dass die Winde stark sind und der Sturm ihn verlangsamt, aber ich bin sicher, er wird es rechtzeitig schaffen." Ihr Gesicht leuchtete auf, und ich spürte einen plötzlichen Anflug von Zuneigung in meiner Brust. Ich wusste nicht, wie ich mit meiner Bindung zu diesem kleinen Mädchen umgehen sollte, aber es gefiel mir.

„Alle mal herhören!"

Ich drehte mich auf dem Absatz um, als ich die vertraute Stimme hörte. James klatschte in die Hände und zog die Aufmerksamkeit der geschäftigen Menge von Familie und Freunden auf sich. Ein enger V-Ausschnitt-Pullover und eng anliegende Hosen umhüllten seinen muskulösen Körper. Er sah sogar noch besser aus als gestern, mit seinem frisch gestutzten Schnurrbart und den noch feuchten Haaren von der Dusche. Locken woben sich durch die längeren Strähnen.

„Lasst uns die Party beginnen!", rief jemand, und ich kehrte in die Gegenwart zurück.

James fuhr fort: „Wir haben Essen zu kochen, Spiele zu spielen und Geschenke zu sortieren. Ich habe die App gecheckt, und es sieht so aus, als wäre der Weihnachtsmann im Zeitplan, um heute Nacht durch den Schornstein zu kommen!"

Alle Kinder schrien. Es war unmöglich, nicht glücklich zu sein, und ich wünschte, Allie wäre hier. Ich hatte sie gestern Abend angerufen, bevor ich an Kensis Seite einschlief, und sie hatte ihr erstes festes Abendessen.

„Die Aufgabenliste hängt an der Wand. Ihr wisst alle, was zu tun ist!"

Ein weiterer Jubelschrei brach aus, und plötzlich war der Raum ein Wirbel von Aktivität. Menschen eilten umher, holten Töpfe und Pfannen heraus. Hunter und Emma begannen, Brettspiele und Puzzles auf den Tischen aufzubauen, und Gabe befestigte weitere funkelnde Lichter über dem Kaminsims. Die Energie war ansteckend, und trotz meiner anfänglichen Sorge, bei dem Familienereignis zu stören, wurde ich von ihrer Freude mitgerissen.

„Komm." James ergriff meine Hand. Er zog mich zum Herd. „Wir haben Arbeit zu erledigen."

Er holte Rührschüsseln und weißen Puderzucker hervor, und wir begannen mit der weihnachtlich gefärbten Glasur. Teresa rührte den Keksteig, während Kensi ihre Augen nicht vom Schornstein ließ und auf die Ankunft des Weihnachtsmanns wartete. Ich dachte liebevoll an meine Kindheit zurück und an die Aufregung, den Besuch des Weihnachtsmanns zu erwarten. Sie war nicht anders, und ihre Begeisterung war ansteckend.

„Hey, Kleine", sagte James und bemerkte die Ablenkung seiner Tochter. „Warum hilfst du nicht Emma, die Keksverzierungsstation aufzubauen?"

Kensis Gesicht hellte sich auf, und sie huschte an Teresas Seite. „Komm schon, Oma. Die Kekse sind im Ofen, und wir brauchen Kokosflocken für den Schnee."

James fing meinen Blick auf, und wir teilten ein wissendes Lächeln. Ich konnte nicht genau sagen, was es war, aber der Moment fühlte sich richtig an, und ich hatte gelernt, meinem Bauchgefühl zu vertrauen. Oder vielleicht war es der Weihnachtszauber, nach dem ich mich so sehr sehnte.

Wir füllten die Glasur in Glasschüsseln, und ich spülte die Töpfe und Pfannen. Als ich einen Blick auf den Aufgabenplan warf, hatte sich jeder eine Aufgabe ausgesucht, also ging ich zum Spülbecken und begann, weitere Teller zu waschen. Wie in jeder Küche gab es immer noch mehr Geschirr zu spülen.

In der Zwischenzeit mischte James Mehl und Haferflocken, schnitt Butterstücke in die Mischung und warf mir verstohlen Blicke zu. Das Funkeln der Weihnachtsbaumlichter spiegelte sich auf seinem lächelnden Gesicht, als er sich zu mir umdrehte und sagte: „Laura, da du neu bei unseren Traditionen bist, warum setzt du dich dieses Jahr nicht als Erste auf den Schoß des Weihnachtsmanns?"

Ich verdrehte die Augen und versuchte, ein Lächeln zu unterdrücken. „Ich bin mir ziemlich sicher, dass ich dieser Tradition entwachsen bin."

„Ach, bist du das wirklich?", neckte er und wackelte mit den Augenbrauen. „Na komm, das wird ein Riesenspaß. Wir können den Weihnachtsmann um passende, scheußliche Weihnachtspullover bitten."

„Na gut", gab ich lachend nach und schüttelte den Kopf. „Aber was, wenn ich um etwas Besseres bitten möchte?"

Ich ließ meinen Blick langsam an seinem Körper hinabgleiten, bis ganz hinunter zur Theke, die den schönsten Teil von ihm verdeckte. Das tiefe Grollen aus seiner Brust, das wie eine Warnung und ein Versprechen zugleich klang, zentrierte sich in meinem Inneren.

„Abgemacht." Er lachte und wandte seine Aufmerksamkeit wieder dem Herd zu.

Teresa eilte in die Küche, die Arme beladen mit einer Auswahl bunter Zuckerdekoration. Kensi folgte ihr, die Augen vor Aufregung weit aufgerissen, als sie die Süßigkeiten sah. Sie stellte einige Schokoladenleckereien für Kensi auf die Theke, die auf den Hocker kletterte und begann, die Leckereien zu sortieren.

„Brauchst du Hilfe damit?", fragte ich Teresa.

„Gerne. Danke."

Ich ließ Kensi mit James in der Küche und half Teresa dabei, Schokoladenbonbons überall am Weihnachtsbaum aufzuhängen.

„Weihnachten ist immer eine Produktion, wenn meine Jungs arbeiten. Und fang gar nicht erst mit Hunter und diesen beiden Mädchen an. Er macht gerade eine Pause mit Grace. Sie ist dieses Weihnachten nicht hier, aber du würdest sie mögen."

„Sie scheinen dem Plan gut zu folgen." Ich nickte zum Kamin, wo Hunter und Tristan Platz für etwas einrichteten... Ich war mir nicht sicher, was es war, aber es beinhaltete eine Bühne, viele Lichter und Weihnachtssterne sowie einen riesigen roten Stuhl, der mit goldenen Kordeln verziert war.

„Stimmt. Ohne den Plan gäbe es kein Weihnachten." Ihre Augen weiteten sich, und ihr Lächeln wurde komisch.

„Und diese Bonbon-Tradition?", fragte ich.

„Die stammt von unseren Großeltern. Als ich jung war, hängten wir Äpfel, Walnüsse, Kekse und Orangen auf. Dann wurden die Zeiten besser, und eines Tages brachte mein Großvater eine Tüte Schokoladenbonbons mit, um sie am Weihnachtsbaum aufzuhängen. Seitdem ist es eine Tradition. Auf bessere Zeiten."

Wir wickelten jeweils ein Bonbon aus und steckten sie in den Mund. Der samtige Geschmack von Rum und Rosinen übertönte die Schokolade mit einem aromatischen Aroma, das auf der Zunge verweilte. Es begann süß, ging dann langsam in einen Hauch von Rauchigkeit vom dunklen Rum über und endete mit einer leichten Säure von den Rosinen.

„Die sind köstlich." Ich ließ etwas Kakao auf meiner Zunge, um den Geschmack länger zu genießen. Teresa nahm eine ovale Süßigkeit.

„Die Schokoladenfässchen enthalten Alkohol. Häng die weit oben auf, damit die Kinder sie nicht erreichen können."

Ich stellte mich auf einen Hocker und folgte ihrer Anweisung.

„James erwähnte, dass er mit jemandem Neuem zusammen ist, aber ich wusste nicht, dass du es bist", sagte sie.

„Ist das gut oder schlecht?"

„Es ist gut. Er hatte nie Glück in der Liebe, und Hunter hilft nicht gerade, indem er die Escort-Damen engagiert." Sie verteilte die Schokoladen sorgfältig am Baum und ging dann zu den Keksen über.

Liebe?

„Oh, wir sind nur Freunde", sagte ich.

Teresa erstarrte mitten in der Bewegung und senkte die Hände auf ihre Hüften. Sie musterte mich von oben bis unten und warf mir einen vielsagenden Blick zu.

„Komm mir nicht mit diesem ‚nur Freunde'-Gerede, Fräulein

Young. Cindy und Karl Young würden meinen Sohn eine gute Partie nennen."

Sie erwischte mich auf dem falschen Fuß.

„Du kennst meine Eltern?", fragte ich.

Sie lächelte.

„Dein Vater hat meinem Mann das Leben gerettet, weißt du. Er ist wirklich ein außergewöhnlicher Chirurg."

„Danke", erwiderte ich und nahm die Sachen aus dem Wagen. „Das ist er."

Ich wusste nicht, dass mein Vater Herrn Silver operiert hatte, aber andererseits erwähnte mein Vater seine Patienten auch nie.

„Mein Sohn hatte seinen Anteil an oberflächlichen Freundinnen, aber unter uns gesagt, er verdient jemanden, der talentiert und zielstrebig ist. Jemanden wie dich."

Ich wurde unruhig. Versuchte sie, uns zu verkuppeln? Als Polizistin im Streifendienst hatte ich keine Zeit für eine Beziehung. Aber ich sehnte mich nach etwas mehr als flüchtigen Momenten des Vergnügens. Etwas Längerfristiges und Bedeutungsvolles – auch wenn mir noch unklar war, was das genau bedeutete. Wie lange war es her, dass ich mich so geöffnet hatte? Zu lange, um mich zu erinnern, geschweige denn, es zuzugeben.

„Also ... du meinst, James ist wirklich single?"

„Ja, und er besteht darauf, dass es so bleibt."

Mein Herz sank ein wenig, und ich wusste nicht genau warum.

„Aber du könntest das ändern", sagte sie.

Mein Kopf schnellte hoch.

„Man kann niemanden zwingen, etwas zu wollen."

„Was, wenn sie nicht wissen, ob sie es wollen?" Teresa hob eine Augenbraue.

Alles klar. Sie versuchte also, uns zu verkuppeln.

„James ist erwachsen. Er sollte wissen, was er will."

Sie stieß ein frisches Lachen aus und stieg von der Leiter. „Die Silver-Männer wissen nicht, was sie wollen, bis es ihnen ins

Gesicht starrt. Ich muss es wissen – ich habe drei Söhne und vier Brüder, alle Privatdetektive. Es braucht eine besondere Frau, um ihr Leben zu erfüllen."

Deutete sie an, dass ich die richtige Frau für ihn wäre? Ich war für eine Affäre zu haben, aber da endeten meine Fantasien über James Silver. Genau zwischen den Laken. Na gut, ich gebe es zu. Vielleicht wollte ich mehr als eine Affäre – wie ein paar Affären, oder vielleicht noch ein paar mehr?

Ich seufzte, denn tief im Inneren wusste ich, dass ich nie genug bekommen könnte. Nicht nach dem, was er gestern mit mir gemacht hatte. Und die Art, wie er mich ansah, garantierte jedes Mal alle möglichen Gefühle.

Ich lugte hinter dem Weihnachtsbaum hervor und suchte nach Kensi. Sie steckte ihr Gesicht in den unbeleuchteten Kamin und suchte nach dem Weihnachtsmann. „Und Kensis Mutter ist nicht die richtige Frau?", fragte ich.

„Tiffany? Sie sind gute Eltern und schreckliche Partner, also ist das ein Nein."

„Haben sie ... haben sie im Bösen geendet?", fragte ich, da meine Neugier die Oberhand gewann.

Teresa stellte den Tritthocker an die Wand. „Sie haben erkannt, dass sie nicht gut zusammenpassen. Tiffany ist Innendekorateurin und kann ... schwierig sein. Und James kann auf seine eigene Art ... schwierig sein. Aber sie lieben beide Kensi, und das ist das Wichtigste."

Schwierig, hm? Das klang nicht vielversprechend.

„Komm, Kensi, es ist Zeit für die letzten Handgriffe an der Keksstation."

Sie winkte ihrer Enkelin zu, damit sie zu uns ans Fenster kam.

Während wir Kellen mit zuckriger Glasur und buntem Glitzer aufstellten, erzählte mir Teresa von James und seinen Geschwistern und malte ein lebendiges Bild einer temperamentvollen, aber einigen Familie.

„Klingt, als wäre James ganz schön anstrengend gewesen", sagte ich.

„Ha!" Teresa schnaubte. „Das ist noch untertrieben. Mit vier Jahren kletterte James schon auf Bäume, Möbel und Wände. Ein Jahr brach er sich den Arm auf der Schaukel, dann brach er sich das linke Handgelenk, als er behauptete, er könne vom Dach springen. Ich weiß nicht einmal, wie er da hochgekommen ist, aber wenn er sich etwas in den Kopf gesetzt hatte, konnte ihn nichts aufhalten. Im Grunde war er immer ein guter Junge. Und jetzt ist er zu einem wunderbaren Vater herangewachsen."

Nachdem wir die Station fertig eingerichtet hatten, half ich Kensi, den Ruß von ihrem Gesicht zu waschen, und sie schlief auf dem Sofa ein. Tristan zündete den Kamin an, wo wir uns mit Tassen Tee hinsetzten. Es war erst ein Uhr, und das Haus roch schon nach Weihnachten.

„Ist die Familie immer so aufgeregt wegen des Weihnachtsmanns?", fragte ich.

„Jedes Jahr, und es wird nie langweilig."

Ich lehnte mich näher zu ihr und senkte meine Stimme. „Und wer spielt den Weihnachtsmann?"

Teresa zwinkerte. „Ah, das ist ein Geheimnis."

Ich warf einen verstohlenen Blick auf James, der verspielt mit seinen Brüdern scherzte. Er wäre der perfekte Weihnachtsmann.

Er stand in der Mitte des Raumes, ein albernes Grinsen auf den Lippen. Seine Familie wechselte zwischen ihm und einander hin und her, ihre Gespräche von lautem Gelächter unterbrochen, bis er mit einem neckischen Grinsen an meiner Seite erschien.

„Entschuldigt, meine Damen. Es gibt eine Krise in der Küche. Uns ist der Zimt für den Eierlikör ausgegangen, und ich könnte ein paar zusätzliche Hände gebrauchen. Laura, magst du mitkommen?"

Er nahm meine Hand, bevor ich antworten konnte, und zog mich auf die Füße. Ich winkte Teresa mit einem schuldigen Blick zu, meine Wangen brannten und mein Inneres schmolz dahin.

„Du brauchst Hilfe mit Zimt?", fragte ich.

Wir schlängelten uns durch die Menge; ich folgte ihm wie ein Schaf. Er machte es so offensichtlich, dass er eine Mission hatte, und je weiter wir uns entfernten, desto nervöser wurde ich.

„Das war eine Ausrede." Er sagte es, als wir um die Ecke bogen. Er zog mich in die Speisekammer und schloss die Tür hinter uns.

„Das war eine lausige Ausrede, aber jetzt, wo wir hier sind, sollte ich besser Zimt finden."

Meine Finger flogen von Regal zu Regal, als hätte ich ihn nicht gehört, aber dann umfassten seine Arme meine Taille und er drehte mich herum. Seine Berührung war elektrisierend, noch verstärkt durch seinen bedeutungsvollen Griff, als ich mich an die Wand seiner Brust schmiegte. Er hielt mich in seinen Armen, meine Brüste zwischen uns gequetscht. Sein Daumen strich über mein Kinn und neigte mich nach oben, sodass sich unsere Blicke treffen konnten.

„Sie haben gestern nach Honig und Salzkaramell geschmeckt, Ms. Young", flüsterte er, sein Atem heiß auf meinen Lippen und sein Schwanz hart gegen meinen Bauch. Ich presste meine Schenkel zusammen, als könnte das das plötzliche Unbehagen in meinem Höschen stoppen. Seine Augen huschten zu meinem Mund hinunter, bevor sie wieder meinen Blick trafen. „Wonach schmecken Sie heute?"

Er leckte sanft über meinen Mund und meine unteren Regionen erinnerten sich plötzlich daran, wie gut sich das Ziehen seiner Zunge dort unten angefühlt hatte. Nicht, dass ich es vergessen hätte. Wie könnte ich?

„Schokolade und Rum", murmelte er. „Hat meine Mutter dir ein Bonbon gegeben?"

„Ja, hat sie."

„Gute Wahl, aber ich muss zu Ende bringen, was wir in diesem Spa begonnen haben", sagte er.

Mein Herz begann zu rasen, als ich seinem Blick standhielt,

gefangen im Bann seiner leuchtend blauen Augen, die mit winzigen silbernen Sternen funkelten.

„Aber wir sind in der Speisekammer", flüsterte ich, als ob ihn das aufhalten würde. Er eroberte meinen Mund und alles, was ich herausbringen konnte, war ein Keuchen, das sich in ein verzweifeltes Stöhnen verwandelte. Ich schlang meine Arme um seinen Hals und versank in dem Kuss, schmolz meinen Körper in seinen. Ich sehnte mich verzweifelt nach jemandem wie ihm, nach dieser Verbindung, die ich so lange vermisst hatte. Nach jemandem, der mir half, die Vergangenheit zu vergessen, der die schmerzende Leere in meinem Herzen füllen und dem ich meine tiefsten Geheimnisse anvertrauen konnte. Jemand, der die Last der Schuld von mir nehmen und mir zeigen würde, wie man wieder lebt.

Ich war so nah dran, das zu haben, was er hatte - eine Familie, mit einer eigenen Tochter. Aber in einer grauenvollen Nacht nahmen sie mir alles weg. Jede Nervenendung in meinem Körper erwachte zum Leben, als mir klar wurde, dass ich vielleicht mehr als nur eine Affäre wollte. Vielleicht wollte ich alles zurück, was ich verloren hatte. Die Sehnsucht danach überraschte mich selbst. Ich kicherte ungewollt durch den Kuss und er zog sich mit fragender Miene zurück. „Was ist so lustig?"

„Nichts", log ich und presste meinen Mund wieder auf seinen, denn wie konnte ich ihm von all den Gefühlen erzählen, die in mir aufwallten, und davon, dass ich so viel mehr mit ihm wollte, als ich gedacht hatte, bevor wir überhaupt miteinander geschlafen hatten. Gut. Er hatte mich also mit seinen geschickten Fingern und seinem gierigen Mund zum Höhepunkt gebracht. Er hatte mich verschlungen und den ganzen Tag mir und seiner Tochter gewidmet. Aber war das genug?

Wir lösten uns voneinander, um Luft zu holen, und James lehnte seine Stirn gegen meine, keuchend. „Ein Penny für deine Gedanken", sagte er.

Ich kicherte wieder. „Ich glaube nicht, dass du dir den leisten kannst, Mr. Bond."

„Versuch's ruhig", sagte er mit einem herausfordernden Lächeln. "Ich habe in meinem kurzen Leben schon so einiges gesehen."

Ich konnte nicht. „Ich weiß nicht. Es ist nur ... Das ist eines der besten Weihnachten, die ich je in meinem Leben hatte."

„Das macht mich sehr glücklich, Laura."

Ich mochte, wie er zwischen meinem Nach- und Vornamen wechselte. Es kam mir vor wie ein Spiel zwischen uns. Und jetzt waren wir wieder beim Vornamen.

„Deine Küsse gingen mir nicht mehr aus dem Kopf." Seine Stimme war rau vor Verlangen. „Die ganze Zeit."

Seine Hand glitt unter meinen Rock und meine Schenkel öffneten sich. Ich lächelte gegen seinen Mund und biss sanft auf seine Lippe. „Nun, du bist definitiv ein guter Küsser."

Er wollte meine Lippen erneut einfangen, aber diesmal schob ich ihn spielerisch weg. „Ich würde gerne die ganze Nacht hier mit dir bleiben und mich dir vollkommen hingeben, mit Haut und Haaren, aber jemand könnte jeden Moment hereinkommen, und wir haben eine Party zu besuchen", erinnerte ich ihn.

Er dachte einen Moment nach und gab mir dann diesen verschlagenen und raubtierhaften Blick.

„Triff mich in fünfzehn Minuten auf dem Dachboden."

„Was?"

„Ich weiß, dass du den Dachboden finden kannst, da du die Baupläne studiert hast."

„Ja, ich weiß, wo der Dachboden ist."

Die Speisekammertür öffnete sich und Kensi kam herein, ihre Lippen mit Schokolade verschmiert. James zog schnell seine Hand unter meinem Rock hervor.

„Was macht ihr zwei hier drin? Ich brauche Hilfe bei meiner Weihnachtsliste für den Weihnachtsmann."

„Wir suchen nach Zimt. Da ist er." Ich griff wahllos nach einer

Flasche im Regal und verließ die Speisekammer, peinlich berührt, als hätte Kensi mich mit der Hand in der Keksdose erwischt.

„Komm, Kensi, lass uns diese Liste gleich überprüfen." Ich hörte es hinter mir und blickte über meine Schulter, gerade als James seine Tochter auf den Arm nahm. Mein Herz schmolz dahin. Ich hätte nie gedacht, dass ich diesen Anblick so sexy finden würde.

Kensi und James gingen los, um ihre Liste zu überprüfen, und ich eilte ins Gästebad, um mich frisch zu machen, meine Lippen geschwollen und kribbelnd, als würde er mich immer noch küssen. Als ich zwei Minuten vor der Zeit auf dem Dachboden ankam, war James bereits da.

Kapitel 8

James

Der Dachboden war spärlich beleuchtet, gefüllt mit alten Truhen und vergessenen Schätzen. Eine dünne Staubschicht bedeckte die altmodischen Möbel, und Schatten lauerten in den Ecken. Die Einfachheit war tröstlich, aber der fehlende Luxus ernüchterte mich. Laura verdiente Besseres.

Sie tauchte zwei Minuten vor der Zeit auf, ihre Lippen geschwollen und im gedämpften Licht glänzend. Die schrägen Strahlen des Abendlichts fielen durch das Fenster und warfen einen sanften Schein auf ihr Gesicht.

„Romantisch und alt", neckte sie mich. „Genau mein Beuteschema."

Ich lachte, ungeachtet der stickigen Luft. Ich war mir nicht sicher, was es mit staubigen Dachböden auf sich hatte, aber sie hatten ihren Charme.

„Du bist gekommen", sagte ich. Was für ein dämlicher Spruch, aber verdammt, ich war nervös. Wie ein Junge, der kurz davor war, erneut seine Unschuld zu verlieren. Sie kam näher, ihre Augen funkelten im gedämpften Licht, und ich nahm ihren blumigen Duft wahr. Er vermischte sich mit einem süßlichen Vanilleduft, den ich in ihrem Atem roch, als hätte sie ein weiteres Bonbon gegessen.

„Komm näher. Ich beiße heute nicht zu fest."

Sie überbrückte die Distanz zwischen uns wie ein Puma. Als wäre sie diejenige, die jagte.

„Mir hat gefallen, wie du mich gebissen hast. Und mir hat gefallen, wie du an mir gesaugt hast. Aber das ist es, was ich heute will."

Ihre Hand glitt zu meinem Schwanz, umfasste ihn durch den Stoff meiner Hose und rieb sanft über den Schaft. Sie war auf der Pirsch.

„Du willst meinen Schwanz?"

Sie stellte sich auf die Zehenspitzen und flüsterte in mein Ohr. „Das ist richtig, Mr. Silver. Ich will deinen Schwanz in meinem Mund und meiner Gnade ausgeliefert."

Ihre Zunge folgte der Kurve meines Ohrs, als sie sich wieder senkte, und ein raues Grollen vibrierte durch meine Brust.

Ich hob ihr Kinn höher. „Baby, da liegst du völlig falsch. Sobald mein Schwanz in deinem Mund ist, bin ich derjenige, der das Sagen hat."

Ihr Atem stockte. Sie gab mir ein kokettes Lächeln und glitt so unerwartet mit ihrer Hand in meine Hose; ich hatte nicht einmal bemerkt, wann sie meinen Reißverschluss geöffnet hatte. Sie griff in meine Boxershorts und umschloss meinen Schwanz mit ihren Fingern, wobei sie sagte: „Das werden wir ja sehen."

Der Kontakt ihrer eisigen Hand auf meiner erhitzten Haut jagte mir einen Schauer über den Rücken und raubte mir den Atem. Ihre Berührung war quälend, und ich presste meine Lippen auf ihre, um die Kontrolle zu übernehmen. Ich küsste sie hart und voller Verlangen, bis ihre Glieder weich wurden und ihr Körper in meinen schmolz. Sie ließ meinen Schwanz los und schlang ihre Arme um mich, ihre Hände wanderten über meinen Rücken und ihre Nägel kratzten sanft dort, wo mein Haaransatz auf den Nacken traf.

„Du bist eine Vixen", flüsterte ich, leckte mit meiner Zunge über die Spitze ihres Ohrläppchens, bevor ich Küsse an der Seite ihres Halses hinunter und wieder hinauf verteilte, um ihren Mund erneut in Besitz zu nehmen. Während ich an ihren Lippen zog und saugte, kamen sie meinem Bedürfnis jedes Mal nach und forderten die richtige Behandlung. Ich biss in ihre Unterlippe, nicht hart genug, um Schmerzen zu verursachen, aber mit Absicht; und sie zog sich zurück, schwer atmend.

Hinter ihr strömte das Licht wie ein Band durch das einzige Dachbodenfenster.

„James", flüsterte sie, mein Name hing in der Luft zwischen uns, schwer vor Sehnsucht.

Ich drängte sie gegen einen Pfosten. Mein Mund suchte wieder ihren Hals, wie ein verdammter Vampir, meine Zunge strich über ihre erhitzte Haut. Ich hielt beide ihrer Handgelenke über ihrem Kopf mit meiner linken Hand fest, während ich mit meiner rechten über ihren Hüftknochen strich. Ich drückte mich gegen ihren weichen Körper, meine Erektion presste sich direkt in ihren Bauch. Ein kleiner Quietschlaut entfuhr ihren Lippen, den ich erstickte. Sie zu küssen würde niemals alt werden.

Ich löste meinen Mund von ihrem, ließ meine Zunge über ihre Unterlippe gleiten und kehrte zu ihrem Ohr zurück. „Das wird damit enden, dass ich zwischen deinen Beinen bin."

Sie blickte auf. Ihre Augen funkelten verschmitzt, als sie nach meinem Gürtel griff und fest daran zog, das Leder aus den Schlaufen befreite und gleichzeitig meine Hose lockerte.

Heilige Scheiße.

„Ich glaube nicht, Mr. Silver." Sie zwinkerte, drehte uns herum und drängte mich gegen den Pfosten. Mein Rücken presste sich gegen die Holzsäule, und sie zog meine Hose von meinen Hüften. Meine Erektion sprang frei, und ihre Aufmerksamkeit richtete sich vollständig auf meinen Schwanz. Sie umfasste mich mit ihren kalten Fingern, und ich stieß ein kehliges Stöhnen aus, als sie sich auf ihre Knie niederließ.

„Laura ..."

Meine Hände fanden sofort ihren Kopf, meine Finger

verwoben sich in die federnden Locken, als sie ihre Zunge leicht über meine Eichel gleiten ließ und an der empfindlichen Unterseite entlang neckte.

„Fuck", keuchte ich, stieß mit meinen Hüften vor und drängte mich unfreiwillig tiefer in ihren Mund. Sie ließ ihre Zunge meine Länge hinuntergleiten, dehnte ihren Kiefer und nahm mich ganz bis in ihren Rachen auf, bevor sie wieder abglitt und meinem Schwanz mit ihrem Mund süße Liebe machte.

„Fuck, Laura-" Ich stöhnte lauter, mein Atem rau und unregelmäßig. Meine Finger verhedderten sich ungeduldig in ihrem Haar und drängten sie, mich tiefer und schneller aufzunehmen. Sie kämpfte kaum eine Minute, bevor sie ihre Lippen und Zunge an meinem Schwanz auf und ab bewegte, als könnte sie nicht genug davon bekommen. Aber ich brauchte mehr. Als ob sie meine Bitte gehört hätte, umfasste sie meine Hoden mit ihrer freien Hand und drückte ihren Finger darunter. Ein langer Stromfaden schoss von der Basis meinen Schaft hinauf. Ich stieß meinen Hinterkopf noch heftiger gegen den Pfosten.

„Laura..."

Ich packte ihren Hals mit meiner Hand und zog meinen Schwanz aus ihrem Mund. Sie hielt ihren Mund weit offen, bereit und willig, und dieses Mal schob ich meinen Schwanz langsam hinein, beobachtete ihr Gesicht, bevor ich mich zurückzog, ihr Speichel glänzte im gedämpften Licht. Rein und raus. Rein und raus. Ich legte meine Hände an beide Seiten ihres Gesichts und hielt sie fest, damit ich ihren warmen Mund in meinem Tempo ficken konnte, schnelle und flache Stöße zwischen tiefen Stößen. Sie gehorchte und sah so wunderschön auf ihren Knien aus. Zuerst zuckte die Lust durch meine Eier, breitete sich bis zum Ansatz meines Schafts aus, wieder nach oben, bis sie fast die Spitze erreichte. Hitze strahlte von meiner Haut aus, während sie keuchte und stöhnte, als ich ihren Kopf über meinen Schwanz vor und zurück zog.

Ihr Körper zitterte leicht. Ich konnte sehen, dass sie es genoss, aber ich verlor die Kontrolle, als sie pausierte. Ich zog meinen Schwanz wieder aus ihrem Mund, und sie blickte auf. Ihre Augen waren voller Lust, als sie zwischen ihre Beine griff und ihre Finger über ihre Fotze zog, bevor sie sie ableckte und mich wieder in ihren Mund nahm.

Verdammt nochmal.

Ich konnte ihre Essenz fast schmecken, und ich konnte definitiv ihre Erregung riechen. Als ihre volle Aufmerksamkeit zu meinem Schwanz zurückkehrte, kannte sie keine Gnade. Sie stützte ihre Hände gegen meine Oberschenkel und bewegte ihren Kopf auf und ab, aber es waren die Geräusche, die sie machte, die mich fertig machten. Der Orgasmus durchzuckte mich, und ich ergoss mich in ihren Mund. Sie saugte mich trocken und verlangsamte ihre Bewegungen, bis ich leer war.

Mein Schwanz pulsierte immer noch in ihrem Mund, als sie zu mir aufblickte, ein träges Lächeln spielte in ihren Mundwinkeln.

„Du schmeckst wie der süße Himmel", sagte sie leise, bevor sie aufstand.

Ich?

Aber ich hatte keine Chance zu fragen, als Kensis Stimme von der Tür her zu mir drang. „Papa?"

Wir erstarrten.

Panik schoss wie ein Blitz durch meine Adern, und Lauras Augen weiteten sich vor blankem Entsetzen. Ich beobachtete, wie sie das restliche Sperma in ihrem Mund schluckte.

„Scheiße!" Ich zog meine Hose hoch, scheiterte aber kläglich. Meine Hände zitterten unkontrollierbar, und mein verdammtes Herz war kurz davor, aus meiner Kehle zu fliegen.

„Papa, bist du hier drin?", rief Kensi erneut.

Meine Tochter hatte das Timing einer verrosteten Uhr. Gott sei Dank war der Pfosten hinter mir breit genug und der Raum dunkel genug, um uns beide vor dem Blick zu verbergen. Endlich steckte ich mich ein und zog hastig den Reißverschluss hoch. Es war nicht einfach mit einer Erektion.

„Wir können nicht zulassen, dass sie den Sack des Weihnachtsmanns sieht. Er ist voller Geschenke", sagte ich.

„Das ist der Sack, um den du dir Sorgen machst?", zischte sie und wischte sich mit dem Ärmel über den Mund, um ihn trocken zu wischen.

„Ich komme, Kensi. Warte an der Tür. Es ist dunkel hier drin."

Sie griff nach meiner Hand und zeigte auf meine ausgebeulte Hose. „So kannst du nicht gehen."

„Ich habe keine Wahl", knirschte ich.

„Zwing ihn runter."

„So funktioniert das nicht."

Laura richtete mein Hemd und trat zuerst hinaus. „Der Kamin ist frei für den Weihnachtsmann. Wir kommen, Kensi!"

„Habt ihr den Kamin überprüft?", rief Kensi zurück, dieses Mal lauter.

Laura blickte über ihre Schulter zurück. „Find etwas, um dich zu bedecken."

Ich klopfte den Staub von meinem Hemd, griff nach dem Ersten, was ich fand, und eilte mit einem Wollknäuel an meinem Schritt zur Tür.

„Hey, Kensi. Wir haben den Kamin überprüft, und er ist ganz frei für den Weihnachtsmann." Meine Stimme zitterte, als wäre ich wieder fünfzehn und auf dem Weg, zum tausendsten Mal meine Jungfräulichkeit an meine Hand zu verlieren. Aber Lauras Mund war so viel besser, und ihre Muschi, verdammt... Ich musste aufhören, an ihre Muschi zu denken, sonst würde die Wolle nicht helfen. Und warum zum Teufel hatte ich überhaupt ein Wollknäuel gewählt?

„Was ist das an deinem Kinn?", Kensi zeigte auf Laura, die sich schnell abwischte. „Es sieht aus wie Eierlikör."

„Oma hat Laura eines ihrer speziellen Bonbons gegeben", erklärte ich.

Verdammt nochmal, wieso musste ich ausgerechnet jetzt meine Mutter erwähnen?

„Ich glaube, etwas davon ist auf mein Kinn getropft, aber der Kamin ist frei und bereit für den Weihnachtsmann. Lass uns nach unten gehen."

Laura griff nach Kensis Hand, wofür ich dankbar war, da es meinem Schwanz Zeit gab, sich zu beruhigen, aber Kensi war ein neugieriges Kind.

„Was ist das?", fragte sie und zeigte auf meinen Schritt.

„Das ist Wolle für Laura. Sie wird einen Schal machen."

„Du kannst häkeln?", Kensis Aufmerksamkeit kehrte zu Laura zurück. „Oma kann häkeln."

Und da war meine Mutter wieder.

„Laura hat viele Talente, von denen wir nichts wussten."

Die Haut ihrer nackten Arme wurde rosig, als sie über ihre Schulter zurückblickte und mir einen schuldbewussten Blick zuwarf.

„Komm, Schätzchen. Lass uns unsere Hände waschen und deine Großmutter finden. Ich glaube, ich könnte ein paar mehr von ihren speziellen Bonbons gebrauchen."

Sie gingen Hand in Hand voraus, während ich darüber nachdachte, wie ich Kensi davon abhalten könnte, meiner Mutter zu erzählen, dass sie uns auf dem Dachboden gefunden hatte, wo wir Schornsteine überprüften und geheimen Eierlikör teilten.

Laura brachte Kensi zurück ins Wohnzimmer, und ich nutzte die Gelegenheit, mich zu waschen und eine Hose anzuziehen, die nicht mit meinem Sperma befleckt war. Als ich ins Zimmer zurückkehrte, fand ich Laura an der Bar sitzend. Ich riss einen Mistelzweig ab und ging auf sie zu.

Ich kippte Lauras Hocker nach hinten. Ihre Beine flogen hoch und sie quietschte. Ich hielt den grünen Zweig über unsere Köpfe und versiegelte ihren Mund mit einem Kuss. Ihre Lippen verschmolzen mit meinen, weich und verführerisch. Sie schmeckte nach Eierlikör und würzigem Rum. Unsere Lippen trennten sich mit einem Schmatzen, und ich blickte hinüber zur Bar mit zwei leeren Gläsern.

„Du schmeckst köstlich."

Sie kicherte, noch immer leicht außer Atem.

„Du auch. Fast wie... Eierlikör, aber nicht ganz."

Verdammt.

Ich brach in Gelächter aus und zeigte auf die Bar.

„Wie viele von denen hast du schon intus, Laura?"

„Ich hab nicht mitgezählt, aber deine Familie gibt mir ständig diese Drinks..."

Sie deutete mit ihrer Hand auf die Reihe von Gläsern, die ich auf ihrer anderen Seite nicht bemerkt hatte.

Wie auf Stichwort kehrte Hunter zur Bar zurück. Er ersetzte sofort Lauras fast leeres Glas durch ein volles.

„Hey, das reicht für sie", warnte ich, aber Laura hatte den Drink schon an den Mund gesetzt.

„Locker bleiben, Silver. Die sind nicht stark, und ich kenne meine Grenzen." Sie zwinkerte.

„Du hast die Dame gehört", sagte Hunter. „Sie weiß genau, wie viel sie vertragen kann."

„Solltest du nicht bei Cece und Candy sein?"

Er sah auf seine Uhr. „Sie sind vor einer Stunde gegangen. Die nächste Sturmwelle beginnt laut Wetterbericht in zweieinhalb Stunden."

„Heißt das, du wirst jetzt mit Laura rumhängen?", fragte ich und gab ihm einen Blick, der besagte, er solle sich verpissen. Stattdessen grinste er, als wäre es das beste Geschenk, mich an Heiligabend zu ärgern.

„Ich weiß nicht. Das hängt davon ab, was die Dame wünscht."

„Sie wünscht, dass du dich verpisst." Ich schubste sanft seine Schulter. Zum Glück ging Hunter mit einem Kichern weg.

„Hey, sei nicht so gemein zu deinem Bruder." Sie beschuldigte mich, leicht auf dem Stuhl schwankend, bevor sie einen weiteren Schluck nahm.

„Weißt du, er sieht aus wie eine jüngere Version von dir."

„Wer?"

„Dein Bruder. Warst du auch so ein großer Flirtbolzen?"

„Ich hoffe nicht. Moment, hat er mit dir geflirtet?"

„Spielt es eine Rolle, ob er es tat, wenn sein älterer Bruder derjenige ist, den ich will?"

„Gute Antwort, Ms. Young, aber nächstes Mal keine Drinks mehr von Hunter." Ich nahm ihr das Glas aus der Hand und stellte es weit weg auf die Bar. „Er macht sie stärker, als du denkst."

Ein leichtes Rülpsen entwich ihrem kleinen Mund, was mich an ihre geschwollenen Lippen um meinen Schwanz erinnerte.

„Entschuldigung." Sie bedeckte ihren Mund.

Ich rutschte auf meinem Sitz hin und her und flocht den Mistelzweig in ihr Haar, so wie ich Gänseblümchen in Kensis Zöpfe band.

„Jetzt kann ich dich immer wieder küssen", sagte ich ihr, und sie erschauderte.

Sie hatte immer noch den Mund bedeckt, als sie sagte: „Ich weiß nicht. Ich fühle mich nicht so gut."

„Musst du kotzen?"

„Nein, ich muss nicht kotzen. So weit bin ich noch nicht, aber du hast recht, Hunters Drinks sind zum Sterben... Ich meine, sie sind mörderisch... Nein, sie sind verflucht tödlich." Sie kicherte.

Ihr freches Mundwerk gefiel mir besser als ihr betrunkenes Geplapper. Dann fügte sie hinzu: „Keine Sorge, Kensi spielt mit Trevor, und sie haben die Kekse und die Milch für den Weihnachtsmann vorbereitet."

Es gab nur einen einzigen Keks, der mich heute Abend interessierte, und der übertraf definitiv den des Weihnachtsmanns.

„Wirst du rechtzeitig zum Heiligabendessen wieder nüchtern sein?"

„Was?" Ihr Kopf schnellte hoch, die Augenbrauen zusammengezogen, und sie machte das gleiche verwirrte Gesicht wie Kensi, wenn sie ihre Additionen überprüfte.

„Ich dachte, das wäre morgen."

„Ja, das Weihnachtsessen ist morgen. Heiligabend ist heute Abend."

„Jesus Christus, das ist der längste Tag meines Lebens. Und kommt der Weihnachtsmann heute?"

Ich lachte. „Ja, der Weihnachtsmann kommt heute."

Wenn der Weihnachtsmann es richtig machte, würde er mehr als einmal kommen.

„Kensi wird wieder bei ihren Großeltern schlafen, also kann ich dich ganz für mich haben."

„Klingt nach dem perfekten Geschenk für uns beide", antwortete sie und nippte an einem frischen Drink. Ich hatte gar nicht bemerkt, wann sie den Cocktail bestellt hatte. „Aber ich habe kein Geschenk für dich."

„Mir fallen ein paar Dinge ein, die du mir heute Abend geben könntest. Wenn du nüchtern bist."

„Es ist Eierlikör mit Kokosnussrum, also fast wie eine Mahlzeit. Dein Vater meinte, das sei die beste Kombination."

Ich schüttelte den Kopf. „Oh, Frau Young, anscheinend hat meine Familie du verdorben."

Ihre Lippen verzogen sich zu einem breiten Lächeln und sie neigte den Kopf. Ich versuchte, den verschmitzten Blick in ihrem Gesicht zu deuten, war aber nicht auf ihre Antwort vorbereitet. „Und du? Wann wirst du mich verderben?"

‚Jetzt' wäre die passende Antwort gewesen, aber jemand erwähnte, dass es in fünfzehn Minuten Abendessen gäbe.

„Du solltest besser nüchtern werden, bevor der Weihnachtsmann heute Nacht kommt. Du willst doch nicht auf seiner Liste der Unartigen landen."

Sie beugte sich vor. „Wir wissen beide, dass es dafür zu spät ist, es sei denn, du nennst das, was wir auf dem Dachboden gemacht haben, nicht unartig genug?"

Sie spielte mit dem Feuer, das in meinem Schwanz entfacht war.

„Oh, Frau Young, ich habe dir noch so viel beizubringen."

Wenige Minuten später versammelten sich alle zum Abendessen. Sie hüpfte vom Hocker, und ich fasste sie am Ellbogen und führte sie zum langen, rustikalen Esstisch, der mit einem Festmahl im Potluck-Stil gedeckt war, das jedem königlichen Bankett Konkurrenz gemacht hätte. Jedes Gericht hatte seine eigene Geschichte, von Tante Marges legendärem grünen Bohnenauflauf bis zum mundwässernden Wildbret-Eintopf, den einer der Köche zubereitet hatte. Kerzen flackerten im schwach beleuchteten Raum und verbreiteten einen warmen Schein. Der Duft von Kiefer und Zimt erfüllte die Luft, während Gelächter harmonisch erklang.

Kensi saß mir gegenüber, neben Laura, ihre kleinen Beine schwangen vor und zurück. Sie bewunderte die funkelnden Lichter über ihrem Kopf, hob ihre Hand und zeigte mit dem Finger darauf, während sie die Glühbirnen zählte.

„Eins, zwei, drei..." Ich blendete ihre Stimme aus und suchte Lauras Blick. Sie sah absolut atemberaubend aus. Ihr Haar war hochgesteckt, mit losen Strähnen hier und da. Die Hochsteckfrisur entblößte ihren langen Hals und erinnerte mich daran, wo meine Lippen über ihre Haut gewandert waren. Ich konnte meine Augen nicht von ihr lassen. Jedes Mal, wenn sie mich beim Starren erwischte, lächelte sie und biss sich auf die Unterlippe, was mich wahnsinnig machte. Ein Zucken regte sich in meiner Hose. Ich wollte diese Frau wie ich noch nie zuvor eine andere gewollt hatte.

„Darf ich um eure Aufmerksamkeit bitten?", dröhnte die Stimme meines Vaters und durchbrach irgendwie die Gespräche und das Klirren des Geschirrs. Mein Onkel stand neben ihm, beide silberhaarigen Patriarchen strahlten vor Stolz, als sie den Raum überblickten, bis es schließlich still wurde.

„Zunächst einmal", begann mein Vater, „möchten wir euch

allen dafür danken, dass ihr mit uns ein weiteres fantastisches Jahr hier in der Silver Lodge feiert. Eure harte Arbeit und euer Engagement haben Silver Brothers Securities zu dem gemacht, was es heute ist – eine unaufhaltsame Kraft."

„Hört, hört!", stimmte Tristans Vater ein und erhob sein Glas zum Toast. „Wir könnten nicht stolzer auf unsere Söhne und ihr wachsendes Imperium sein. Und lasst uns das großartige Team hinter ihnen nicht vergessen" – er deutete auf die anderen Angestellten – „ohne das nichts von all dem möglich wäre."

„Da hast du Recht, Bruder", fuhr mein Vater fort. „Es war ein Jahr des Wachstums für uns alle. Wir haben unsere Dienstleistungen erweitert und neue Höhen erreicht, während wir gleichzeitig die hohen Standards, die wir uns selbst gesetzt haben, beibehalten haben. Also, nehmt ein Glas und erhebt es auf die Zukunft von Silver Brothers Securities!"

„Prost!", riefen alle im Chor und erhoben ihre Gläser zum Toast.

„Prost", echote ich, hob mein Glas und sah dabei direkt zu Laura, die an einer dunkleren Schattierung von Eierlikör nippte.

„Ist da schon wieder Rum drin?", fragte ich sie.

„Ja. Warum?"

Ich sah, wie mein Bruder in sich hineinlachte. Hunter genoss das wie der verwöhnte Bengel, der er war. Rücksichtsloser Mistkerl.

„Weil ich dich heute Abend nüchtern brauche", senkte ich meine Stimme.

„Es ist nur ein bisschen gewürzter Eierlikör. Hunter mixt sie perfekt. Stimmt's, Hunter?" Sie stieß ihre Schulter gegen die meines Bruders, der neben ihr saß, hob ihr Glas an die Lippen und zwinkerte wie eine durchtriebene Füchsin.

„Stimmt", antwortete er.

„Versuchst du, sie betrunken zu machen?", fragte ich ihn.

„Das Glas einer Dame sollte nie leer sein."

„Ist schon in Ordnung, James. Ich kann schon auf mich

aufpassen. Ich verspreche dir, es geht mir gut. Außerdem fahre ich ja nicht nach Hause."

Ich goss ein Glas Wasser ein und reichte es ihr. Sie schien sich während des Abendessens gut zu unterhalten, half Kensi mit ihren Portionen und beantwortete alle Fragen meiner Tochter über den Weihnachtsmann. Bevor wir mit dem Dessert fertig waren, hatte sie drei Gläser Wasser getrunken.

„Okay, alle zusammen! Es ist Zeit für das jährliche Weihnachtsstück." Meine Cousine Emma stand vom Tisch auf und begann, die Familie am Kamin zu versammeln. Kensi hatte dieses Jahr ihre eigene Rolle und eilte ihrer Tante hinterher.

„Komm schon, Young, ich habe dir einen Platz mit der besten Aussicht reserviert."

Ich ging um den Tisch herum, legte meinen Arm um ihre Taille und führte sie zu der gemütlichen Sitzecke am anderen Kamin. Von diesem Platz aus hatte man die perfekte Sicht auf das Stück. Eine Gruppe von Kindern im Alter von sechs bis zwölf Jahren betrat die improvisierte Bühne.

Laura machte es sich bequem, und ich beugte mich vor, um sie auf die Wange zu küssen. „Es tut mir leid, aber ich muss für eine Weile weg."

„Du schaust nicht zu?", fragte sie.

Ich überprüfte die Uhrzeit. „Ich kann nicht. Ich habe eine vorherige Verabredung."

„Ach komm schon, Silver. Es ist Heiligabend."

Richtig. Es war Heiligabend, und der Weihnachtsmann hatte eine Mission zu erfüllen.

Kapitel 9

Der vierundzwanzigste Dezember war offiziell der längste und verwirrendste Tag meines Lebens. Es war auch ein Tag, den ich nie vergessen würde, aus allen richtigen und falschen Gründen.

Ich wechselte meinen Platz vom Sessel am Kamin zum Barhocker und nahm noch einen Schluck von Hunters Spezialität. Der Alkohol rauschte durch meine Adern, machte mich hellwach und setzte mich in Brand, fast so heiß wie eine überhitzte Winterjacke, an der Grenze zur Hölle. Ich konnte nicht fassen, dass James einfach so verschwunden war, mitten in der Aufführung seiner Tochter. Ich nahm einen kräftigeren Schluck, genoss den Rausch, der meine Seele beruhigte.

Bis dahin war dieser Abend einer der besten meines Lebens gewesen. Das intime Familienessen, das wir geteilt hatten, die guten Wünsche, die wir ausgetauscht hatten, und all die wunderbaren Geschichten, die ich von Kensi über ihren Vater gehört hatte, erfüllten mich mit all der Weihnachtsfreude, die ich fassen konnte. Der Abend wäre besser gewesen, wenn er geblieben wäre.

Emma trat als Erzählerin vor. Ihre ansteckende Begeisterung zauberte sofort ein Lächeln auf mein Gesicht.

„Es war einmal, im magischen Land des Schneeflockentals..."

Ich blendete sie aus und redete mir ein, dass die Wärme in meiner Brust nicht vom Schokoladen-Rum-Eierlikör in meiner Hand kam.

Julia kam vorbei und stieß mit ihrem Glas gegen meines. „Ich sehe, du bist genauso interessiert daran wie ich. Frohe Weihnachten."

„Frohe Weihnachten. Hast du was von Allie gehört? Sie hat meine Nachrichten nicht beantwortet."

„Stellt sich heraus, sie hatte Salmonellen, aber sie ist stabil. Schläft viel."

„Was?"

„Sie ist in guten Händen, aber sie wird ein paar Wochen brauchen, um sich zu erholen."

„Okay. Ich schätze, das ist gut. Danke, dass du nach ihr siehst", sagte ich.

„Natürlich. Sag Bescheid, wenn ich helfen kann", sagte sie, bevor sie zu ihrem Freund zurückging.

Das Wohnzimmer war voll mit Familie und Freunden – die Silver-Brüder, ihre Cousins, Eltern und die Wagners füllten die Sofas direkt am Kamin. Handgemachte Papierschneeflocken hingen an Fäden von der Decke und schwebten in der Luft. Lichter waren um Fenster und Balken gewickelt, und Tannenzweige schmückten den Kaminsims mit Bändern und Ornamenten.

Der Raum war erfüllt vom Duft nach Kiefer und Zimt, vermischt mit dem warmen Aroma von Glühwein und frisch gebackenen Plätzchen. Die Silvers lachten und umarmten sich, ihre Wangen gerötet von der Wärme des Feuers und dem leichten Rausch des mit Alkohol versetzten Eierlikörs. Es waren so viele von ihnen. Die Kinder beendeten endlich ihr Theaterstück und warteten glücklich auf die Ankunft des Weihnachtsmanns am Weihnachtsbaum.

Hunter nahm mir das leere Glas aus der Hand. Sekunden

später drückte mir jemand ein neues Glas in die Hand. Die Brüder unterhielten sich über Skifahren und Sicherheit, während ich an meinem Drink nippte. Als ich die Hälfte des Glases geleert hatte und der Eierlikör endlich seinen Weg zu meiner Blase gefunden hatte, entschuldigte ich mich höflich, um zur Toilette zu gehen. Ich frischte mich auf, und als ich zur Gruppe zurückkehrte, kam Emma auf mich zu und zupfte an meinem Arm.

„Suchst du nach James?"

„Ja."

Sie kicherte kurz.

„Was ist so lustig?"

Emma bedeckte ihren Mund mit einer Hand und deutete mit der anderen zum Eingang des Salons, wo ein strahlender Weihnachtsmann mit einem roten Sack voller Geschenke über der Schulter stand.

„Ist er das?"

Der Lärm verstummte und Emma eilte näher zum Kamin in die Nähe des Weihnachtsmann-Stuhls, wo James ein komplettes Kostüm trug, einschließlich eines silbernen Bartes, silbernen Haars und eines falschen Bauches, den er stolz umfasste.

Der plüschige rote Anzug war mit luxuriösem weißem Fell besetzt, und ein passender Hut saß auf seinem Kopf. Der buschige weiße Bart und Schnurrbart verdeckten sein Gesicht vollständig, aber seine durchdringenden blauen Augen leuchteten immer noch durch und verliehen der fröhlichen Figur Intensität.

In seiner anderen Hand hielt er den Griff einer Requisiten-Laterne, die in einem Zuckerstangen-Muster eingewickelt war. Sie warf einen warmen, flackernden Schein über die Szene.

„Ho, Ho, Ho!", dröhnte er, seine Stimme ein beeindruckend tiefes Grollen. „Frohe Weihnachten!"

Die Erwachsenen kicherten, beeindruckt von seinem Einsatz, während die Kinder quietschten und umherliefen. Kensi stand ein paar Meter entfernt und beäugte den Mann, als wäre er ein

Eindringling, und ich fragte mich, ob sie ihn erkannte. Aber sobald der silberne Weihnachtsmann Geschenke an die eifrigen Kinder verteilte, gewann er Kensi im Handumdrehen für sich.

Er schien nervös, zeigte es aber kaum. Als er mit jedem Kind interagierte, erhaschte ich Blicke auf den echten James – den charmanten, aufmerksamen Mann, der sich wirklich um die Menschen um ihn herum kümmerte. Denjenigen, der sich wahrscheinlich Sorgen um das Getränk in meiner Hand machte.

„Ho, ho, ho!", dröhnte er durch den Raum.

Ich setzte mich auf einen der höheren Hocker im hinteren Bereich, und während er die ersten Geschenke verteilte, hörte ich James' Tante und Onkel die Weihnachtsgeschichte vorlesen. Es wurde mehr Eierlikör serviert, Weihnachtslieder spielten im Hintergrund, und eine familiäre Atmosphäre umhüllte mich erneut. Sie teilten nostalgische Erinnerungen und alberne Witze. Jedes Familienmitglied erzählte dem Weihnachtsmann, was es sich erhoffte, und alle paar Minuten blickte James in meine Richtung, obwohl seine voluminösen weißen Augenbrauen seine Sicht behinderten.

Die Standuhr in der Ecke schlug neun Uhr und die Aufgaben des Weihnachtsmanns waren noch lange nicht vorbei.

„Also gut, Leute, versammelt euch!", dröhnte James, seine Stimme gedämpft durch den buschigen weißen Bart. „Der Weihnachtsmann hat heute Abend noch ein paar Tricks auf Lager!"

Eine Stille senkte sich über den Raum, als sich alle umdrehten, um ihm zuzusehen. Seine Augen scannten die Menge, suchten nach etwas oder jemandem, und ich konnte nicht anders, als ein Flattern in meiner Brust zu spüren, als sein Blick einen Moment länger als nötig auf mir verweilte. Er schlüpfte schnell wieder in seine Rolle und hob schwungvoll die Hände.

„Zuerst haben wir eine besondere Überraschung für unsere jüngeren Gäste, und es reimt sich auf ... Schokolade!", kündigte er an und griff in seinen scheinbar bodenlosen Sack. „Aber davor –", er machte eine Pause und warf mir ein wissendes Grinsen zu, „–

kann mir jemand noch einen Drink bringen? Dieser Anzug ist heißer als eine Sauna in der Hölle."

Alle lachten.

„Kommt sofort, Santa." Tante Marge verschwand in der Küche. Momente später kam sie mit einem absurd großen Becher zurück, von dem ich annahm, dass er Rum und Cola enthielt, und reichte ihn ihm mit einem verschmitzten Lächeln. „Ich hoffe, das bringt mich von deiner Liste der Unartigen runter."

„Oh, Tante Marge, wir wissen alle, dass das unmöglich ist", erwiderte James, tippte sich an einen imaginären Hut in ihre Richtung und kippte dann das Getränk hinunter.

Wieder lachten alle.

Während James weiter Geschenke verteilte, trafen sich unsere Blicke immer wieder, und jedes Mal schien ein elektrischer Funke zwischen uns überzuspringen. Die Spannung war fast greifbar, verstärkt durch die Wärme des Raumes und den Rum, der durch meine Adern floss. Es fühlte sich an, als würde ich auf einer Wolke schweben, weicher und wärmer als jedes gemütliche Kissen.

Ich nippte gerade an einem frischen Drink von Mr. Silver, als Emma meinen Arm packte. Ich widersetzte mich dem Zug, bis ich bemerkte, dass alle Aufmerksamkeit auf mich gerichtet war.

„Du bist dran", sagte sie.

Der Raum verstummte.

Ich sah sie verwirrt an. „Wofür bin ich dran?"

Santa winkte mich mit einem Finger zu sich. Seine Augenwinkel kräuselten sich, als er mir ein wissendes Lächeln schenkte. Das Spiel von Licht und Schatten auf seinem Gesicht zog mich in seinen Bann wie keine andere Erfahrung, die ich je zuvor oder seitdem gemacht hatte. Obwohl ich ihn unter seinem Bart und den buschigen Augenbrauen nicht klar erkennen konnte, spürte ich seinen Blick intensiv auf meinen Körper gerichtet.

„Du bist dran, dich auf Santas Schoß zu setzen." Sie winkte mich herüber und sorgte dafür, dass sich der ganze Raum auf mich konzentrierte. „Sei jetzt nicht schüchtern."

Ich stellte meinen Drink beiseite, bevor ich vom Barhocker rutschte und aufstand. Der Rausch von Alkohol und Nervosität durchströmte meine Adern wie ein kochender Fluss, als ich mich auf Santas Thron zubewegte. Ich spürte die Hitze in meinen Wangen und meine Handflächen schwitzten. Trotz meines Zitterns schaffte ich es, den Raum zu durchqueren, mir völlig bewusst, dass alle Augen auf mich gerichtet waren.

Meine Kehle fühlte sich trocken an, als ich sagte: „Hallo, Santa."

Jemand in der Menge rief: „Setz dich auf seinen Schoß!", also packte James mich und drehte mich an den Hüften herum. Er setzte mich auf seinen Schoß, bevor ich reagieren konnte, und hielt mich so unangemessen nah, dass ich befürchtete, die Kinder könnten auf falsche Gedanken kommen.

„Ich vergebe dir", flüsterte ich.

„Wofür?"

„Dafür, dass du mich vorhin ohne Erklärung verlassen hast."

„Ich hoffte, das Santa-Kostüm würde sich von selbst erklären." Sein Atem wirbelte durch mein Haar, als er flüsterte: „Übrigens siehst du wahnsinnig heiß aus. Hunter kann den Blick nicht von dir abwenden."

Ich zupfte an seinem Bart und erwiderte spielerisch: „Und was ist mit dir, Santa? Worauf schaust du?"

„Auf alles außer dich", sagte er.

Ich zog mich schnell zurück. „Was?"

Er verstärkte seinen Griff um meine Hüfte und murmelte: „Wenn ich dich zu lange anschaue, wird's eng in der Hose. Und da Kinder auf meinem Schoß sitzen, kann ich das nicht zulassen."

Ich wackelte spielerisch mit meinem Hintern auf seinem festen Oberschenkel und ließ mein Bein über die Erregung streifen, die gegen seine Santa-Hose drückte. Er hatte nicht gelogen wegen der Erektion. „Was hast du vor, dagegen zu unternehmen?"

Er sah sich im Raum um, als suche er nach einem Ausgang, dann rieb er seine Hand gegen den Schritt seiner Hose, während er mich mit halbgeschlossenen Augen ansah.

„Sieht so aus, als müsste der Weihnachtsmann mal für kleine Elfen. Lust mitzukommen?"

„Darf ich dir nicht erst meinen Wunsch sagen, Santa?"

Er erstarrte, als ich mit meinem Hintern wackelte.

„Hör verdammt nochmal auf damit, oder ich verliere die Kontrolle." Trotz der Warnung breitete sich ein langsames Lächeln auf seinem Gesicht aus. „Was kann Santa dieses Weihnachten für Sie tun, Ms. Young?"

Ich hatte kaum etwas gesagt, und doch stockte mir der Atem. Aber er hatte seine Vorspeise in der Sauna gehabt und ich meine auf dem Dachboden. Es war Zeit, den Hauptgang zu planen. Ich zögerte, bevor ich mich vorbeugte. Ich verdeckte die Seite unserer Gesichter, falls jemand von den Lippen ablesen konnte, und flüsterte: „Ich möchte diese Woche dein persönliches Geschenk sein."

Sein tiefes Kichern löste Vibrationen auf meiner Haut aus, und sein heißer Atem strich über meinen Hals, als sein Griff um meine Hüfte sich verstärkte. „Und was beinhaltet das, Ms. Young? Denn ich will und brauche keine Prostituierte."

„Das meinte ich nicht."

„In Ordnung. Erkläre es. Was beinhaltet dieses persönliche Geschenk?"

Glücklicherweise war seine normalerweise dröhnende Stimme leise genug, dass nur ich sie hören konnte. Ich lehnte mich wieder näher, diesmal streifte ich mit meinen Lippen sein Ohrläppchen. „Ich möchte, dass du mich langsam auspackst."

Ein Grunzen rumpelte durch seine Brust, und seine Hand glitt unter meinen Pullover, um meine Brust zu umfassen. Ich weiß nicht, wie er es außer Sichtweite schaffte, aber er tat es.

Und als er meine Brustwarze kniff, wäre ich fast von seinem Schoß gesprungen. „Betrachte es als erledigt, Ms. Young."

Er ließ mich los, und ich stand auf, natürlich wackelig, denn wer zum Teufel kneift einem mitten bei einer Familienfeier in die Brustwarze? Sein Blick brannte sich tief in meinen Rücken, als ich wegging. Ich blickte über meine Schulter und biss mir auf die Lippe, als James seinen Schritt mit einem riesigen Geschenk verdeckte.

„Also gut, Leute! Es ist fast Zeit für den Weihnachtsmann zu gehen. Lasst uns noch ein Weihnachtslied singen!"

James klatschte in die Hände, um die Menge anzufeuern, und begann mit „Rudolph, das rotnasige Rentier". Ich stimmte mit den anderen in den Gesang ein, meine Gedanken schwirrten um das, was gerade passiert war, und alles, was ich mir wünschte, dass passieren würde, und bevor ich es merkte, hatte ich ihn aus den Augen verloren.

Die magische Atmosphäre, die mich näher zu einem Mann zu ziehen schien, den ich bisher nur als Affäre betrachtet hatte, war ansteckend. Vielleicht war es an der Zeit zu akzeptieren, dass er mehr als eine Affäre sein könnte?

Ein paar Drinks später, plus eine persönliche Schoßtanz-Einlage mit dem Weihnachtsmann, und mein Höschen war so aufgeregt wie Weihnachtsbeleuchtung.

„Es ist Zeit für Monopoly und Twister!", verkündete jemand, als wir mit dem Singen fertig waren.

Axel kam mit einem Drink vorbei und stieß sein Glas gegen meines. „Frohe Weihnachten, Laura."

„Frohe Weihnachten, Axel." Ich nahm einen Schluck. „Wie geht's Trevor?"

„Er prahlt vor seinen Großeltern damit, dass er schneller Ski fährt als sein Vater."

Ich kicherte leise, mein Lachen kaum hörbar, aber voller Wärme. Das musste wohl am Eierlikör liegen.

„Wenn man jung ist, hat man wenig Angst", sagte ich.

„Danke für deine Hilfe auf den Pisten. Ich bekam einen unerwarteten Anruf, und der Gurt riss -"

„Keine Ursache. Er hat seiner Mutter wahrscheinlich einen Schrecken eingejagt, als er ihr erzählt hat, was passiert ist."

„Chloe ist nicht mehr da. Sie ist vor ein paar Jahren gestorben."

Ich schlang meine Arme um meinen Körper. „Oh, das war unsensibel von mir. Ich hab einfach angenommen, weil zwanzig Prozent der Paare alleinerziehend sind ..."

„Kein Problem."

„Trotzdem, es tut mir leid."

„Danke. Wir werden morgen nicht auf die Pisten gehen. Ein Schneesturm ist im Anmarsch. Bleib drinnen."

„Das werde ich."

Er ging, und ich wartete darauf, dass James zurückkam. Wie lange brauchte man denn, um aus einem Weihnachtsmannkostüm zu schlüpfen?

Kensi erwischte mich dabei, wie ich im Kühlschrank nach einem Snack suchte.

„Hast du auch Hunger?", fragte sie mich.

„Ein bisschen."

Ich brauchte dringend Kohlenhydrate, um den ganzen Alkohol in meinem Magen aufzusaugen.

„Ist es nicht schon nach deiner Schlafenszeit?", fragte ich.

„Heute gibt's keine Schlafenszeit. Heute Nacht ist eine besondere Nacht. Und ich warte auf einen Anruf von Mama."

Sie fummelte an einem Handy in ihrer Hand herum. „Du hast ein Handy?"

„Ich hab's dir doch erzählt. Ich warte auf Mamas Anruf, aber der Sturm draußen stört das Signal. Das hat Onkel Julian gesagt. Und jetzt weiß ich nicht, ob Mama anrufen wird, weil ich sie vermisse und möchte, dass sie kommt, aber es gibt so viel Schnee."

„Ach, Kensi. Ich bin sicher, deine Mama vermisst dich auch, aber es wäre jetzt zu gefährlich zu reisen."

„Ich weiß. Deshalb will ich, dass sie anruft. Ich muss ihr von unseren Schneeengeln erzählen, und dem Iglu und dem Weihnachtsmann."

„Keine Sorge, Schätzchen. Ich bin sicher, sie wird anrufen, bevor der Tag vorbei ist."

„Danke." Sie umarmte meine Taille. „Ich hatte heute Spaß."

Mein Herz wurde warm bei dem Gedanken, dass ich der kleinen Kensi die Feiertage versüßt hatte. Wenn es eine Person gab, die ich glücklich machen wollte, dann war sie es. „Wirklich?"

„Ja", sagte sie mit einem Nicken. „Und weißt du was noch?"

Ich schüttelte den Kopf. „Was noch?"

Sie biss sich auf die Lippe und schaute nach unten, als ob ihr Wunsch nicht erwähnt werden sollte. „Ich hab den Bart vom Weihnachtsmann angefasst, und er hat gelächelt, und dann hat er mich auf seinen Schoß gehoben! Er roch nach Keksen und Zuckerstangen." Sie kicherte, dann seufzte sie verträumt und setzte sich auf einen Küchenstuhl. „Ich kann's kaum erwarten bis Weihnachtsmorgen, weil die Strümpfe noch leer sind, also hat der Weihnachtsmann noch Arbeit zu tun, und wenn die Strümpfe überlaufen, legt er die Geschenke unter den Baum, aber manche Geschenke passen da nicht hin, weil manche Geschenke nicht fisisch sind."

„Fisisch?"

„Ja, wie wenn du dir wünschst, dass Opa gesund wird und er wieder gesund wird, das ist kein Geschenk zum Anfassen."

Ich wuschelte ihr durchs Haar. „Du meinst ein physisches Geschenk?"

„Ja."

„Ist das die Art von Geschenk, die du dir wünschst?"

„Ja. Ich will Mama und Papa und dich zu Weihnachten. Damit wir zusammen sind, wie eine Familie. Und dann können wir eine Schneemannfamilie bauen."

„Oh, Kensi." Ich seufzte. „Hat dir schon mal jemand gesagt, dass du ein besonderes Herz hast?"

„Ich habe ein besonderes Herz und eine besondere Niere", sagte sie.

„Was?"

„Das sagt Mama immer. Sie hat gesagt, sie würde anrufen, bevor der Weihnachtsmann kommt und ..."

Kensis Handy klingelte, und wir zuckten beide erschrocken zusammen.

„Sie ist es!" Sie hüpfte vom Küchenstuhl.

„Geh ran", drängte ich.

Sie wischte mit dem Finger über den Bildschirm und lächelte von einem Ohr zum anderen. „Hallo, Mama."

Ich beobachtete, wie sie zu den Sitzsäcken am Fenster eilte und sich in einen von ihnen fallen ließ; ihr Gesicht strahlte mit einem breiteren Lächeln, als ich es den ganzen Tag gesehen hatte. Sie liebte ihre Eltern so sehr. Wenn das Leben anhalten und den Stress und Druck wegnehmen könnte, wäre das Erwachsenwerden nicht so schwer. Ich wurde schnell erwachsen, aber ich hatte keine Wahl. In der Zeit, als ich die Liebe und Unterstützung meiner Eltern am meisten brauchte, konnte ich sie nicht finden.

Und was ich jetzt brauchte, war ein stärkerer Drink.

Kapitel 10

Ich zog mein Weihnachtsmannkostüm im Eiltempo aus und sprang unter die Dusche, um mich kurz abzuspülen. Mein Anzug für den Abend hing frisch gebügelt im Schrank. Ich warf mir ein frisches Hemd über und schaltete den Fernseher ein. Alle Flüge wurden von den Fluggesellschaften gestrichen, also würde Tiff nicht auftauchen. Zum Glück. Die Frau hat sich vor einem Jahrzehnt in mein Leben gedrängt, als Silver Securities seine Inneneinrichtung erneuerte. Wir arbeiteten am Anfang großartig zusammen ... Bis es nicht mehr so war. Ich richtete die Fliege und lächelte vor mich hin: Heute Abend würde sich alles um Laura drehen.

Ich fand sie an der Bar, ein Getränk in der Hand. Das tief ausgeschnittene Kleid betonte verführerisch ihr üppiges Dekolleté, während der kurze Saum ihre durchtrainierten Oberschenkel enthüllte und sofort eine Sünde in meinen Gedanken hervorrief. Sie schlug ein Bein über das andere, verdeckte das Appetithäppchen, an das ich nicht aufhören konnte zu denken.

Julia verließ Lauras Seite, und ich ging zur Bar hinüber.

„Einen Martini, geschüttelt, nicht gerührt."

Sie drehte sich langsam zu mir um und unterdrückte ein Kichern.

„Du sitzt unter einem Mistelzweig, Frau Young", kicherte ich und schwenkte den festlichen Zweig mit Grünzeug, den ich aus der Lobby gestohlen hatte. Instinktiv ließ ich mich auf sie herab, um ihren Mund in einem Kuss zu erobern, bevor sie reagieren konnte. Ihre Lippen waren warm und weich unter meinen, schmeckten nach Sehnsucht und reichhaltigen alkoholischen Getränken. Widerwillig löste ich mich.

„Reicht der Mistelzweig in meinen Haaren nicht mehr? Du weißt, du brauchst keinen Vorwand, um mich zu küssen."

„Gut zu wissen." Ich senkte wieder meinen Mund auf ihren für einen weiteren Schmatzer und fragte gegen ihre Lippen: „Wie fühlst du dich?"

„Ich habe heute viele Gefühle, aber ich weiß, dass ich nicht betrunken bin."

„Artig."

Sie schauderte. „Du siehst gut aus ohne den Weihnachtsmannanzug."

Sie senkte ihre Hand auf meine Brust und bewegte ihre Handfläche über den Stoff meines Anzugs. „Wow. Das ist... eng." Dann griff sie meinen Brustmuskel und drückte ihn spielerisch.

Ich zog die Augenbrauen hoch. „Alles in Ordnung mit dir?"

Sie sprang vom Stuhl und stolperte fast. Ich hielt sie an ihrem Ellbogen fest.

„Ja, sorry... Du bist ein heißer Weihnachtsmann und ein noch heißerer Anzugträger", sagte sie mit einem koketten Lächeln.

„Anzugträger?"

„Smoking, Steuer-Mann."

Oh, nein.

„Wie viele davon hattest du?", fragte ich und deutete auf das Glas mit den schmelzenden Eiswürfeln.

„Es ist nicht meine Schuld. Deine Familie liebt einfach Eierpunsch – besonders den mit Rum."

„Und wie viele Eierpunsche mit Rum hattest du?"

Sie zeigte einen halben Zentimeter Abstand zwischen ihren Fingern und flüsterte: „Glaub, waren n bisschen zu viele. Pssst!"

Ihr Zeigefinger drückte sich gegen die Mitte meiner Lippen und drückte meinen Mund flach. Ich ergriff ihre Hand und küsste sie. „Meine Familie hat dich ruiniert, Frau Young."

Sie schenkte mir ein verschmitztes, leicht betrunkenes Lächeln. „Vielleicht, weil du dir zu viel Zeit lässt?"

Ich fuhr mir mit den Händen durch die Haare und bemühte mich, nicht daran zu ziehen. Die Lösung war offensichtlich. Trotz ihres Alkoholkonsums wollte ich sie jetzt ruinieren, aber das lag nicht in meiner Natur. Ich wandte mich an den Kellner. „Ein Glas Wasser, bitte."

Er füllte ein Glas und reichte es ihr.

„Trink."

Sie trank ein Viertel des Inhalts, bevor ich erkannte, dass die Hydration nicht schnell genug sein würde. Der Abend neigte sich langsam dem Ende zu. Julian saß am Kamin mit Kendra und scrollte durch sein Handy, und Hunter machte wahrscheinlich in seinem Zimmer alle seine Fehler rückgängig.

Ich verabschiedete mich von meinen Eltern und von Kensi, dann kehrte ich zu Laura zurück und nahm sie unter meinen Arm. Sie schwankte den ganzen Weg zu meiner Suite. Als wir im Schlafzimmer ankamen, plumpste sie wie ein wie ein Sack Kartoffeln auf das Bett. Ich öffnete das goldene Kleid. Es glitt mühelos von ihrem wunderschön trainierten Körper herunter. Ein Feder-Tattoo zierte den Rippenbogen unter ihrer Brust mit den Worten ‚Glaube an dich, dann schaffst du alles.'

Inzwischen war meine Erregung auf voller Flagge, aber sie war nicht einmal mehr bei Bewusstsein. Ich deckte sie mit einer Decke zu, bevor ich ins Badezimmer ging und unter die kalte Dusche trat, um das Pochen in meinem Unterleib zu lindern. Die Dusche half nicht. Ich stellte den Wasserhahn auf warm und fasste mich selbst an. Meine Lust pulsierte bei jeder langsamen Bewegung. Meine Vorstellung von Lauras Körper, der sich auf meinem Bett ausbreitete und ihrer Pussy vor meinem Gesicht - wie sie es versprochen hatte - kam mir in den Sinn. Bei jedem Schlag stellte ich mir das Gefühl ihrer Haut unter meinen Fingerspitzen vor, und bei jedem Stoßen meiner Hand fühlte ich die Enge ihrer feurigen Hitze um mich herum, als ich endlich in sie hineinsank.

Meine Schläge beschleunigten sich, und mein Atem wurde flach. Ich drehte mich zur Wand, stützte einen Arm dagegen. Meine Muskeln spannten sich an, als ich mir meine Hände auf ihrem Körper vorstellte. Ich würde den Geschmack ihrer Haut und das Gefühl ihrer Brüste genießen. Und ich würde zusehen, wie sich ihre Brustwarzen unter meiner Berührung verhärteten. Wärme strömte meinen Rücken hinunter und aus meinem Glied. Meine Hoden zuckten in Spasmen, und ich stieß ein kehliges Stöhnen aus, drückte hart gegen meine Faust und kam heftig.

Mein Puls beschleunigte sich, als ich unter dem prasselnden Wasser der Dusche stand. Ich schloss die Augen und erinnerte mich an Lauras Mund auf mir, ihre quälende Berührung und wie sie mich zwischen ihren wunderschönen Lippen aufnahm. Ein Verlangen, eine unersättliche Sehnsucht, die drohte, mich zu verschlingen, regte sich. Aber ich wollte nicht noch einmal kommen. Nicht ohne sie. Das nächste Mal, wenn es passieren würde, wäre es in ihr.

Mit einem Seufzen stieg ich widerwillig aus der Dusche und fand ein frisches Paar Boxershorts. Ich ging ins Wohnzimmer, wo ich mir ein Glas Whiskey aus dem Dekanter einschenkte. Es fühlte sich wie Feuer an, das meinen Hals hinunterrannte, und es gelang nicht, die Sehnsüchte, die durch meine Adern pulsierten, zu dämpfen. Erinnerungen an unsere gemeinsame Zeit füllten meinen Geist und jagten mir Schauer über den Rücken. Wenn ich sie das nächste Mal haben würde, wären es ein explosives Feuerwerk der Leidenschaft.

Ich leerte das Glas und wandte mich zur Schlafzimmertür. Mein Herz pochte, während ich auf ein Zeichen wartete, dass sie wach und bereit für mich wäre. Doch es war nur Stille. Trotzdem ging ich hinein.

Laura lag im Bett wie ein schlafender Engel, die Decken eng um ihren schlanken Körper gezogen. Ich erstarrte beim Anblick von ihr. Sie regte sich leicht, ihr Atem war sanft und gleichmäßig. Ich setzte mich neben sie, mein Herz klopfte, während ich es wagte, sie nicht zu wecken. Mit Zärtlichkeit hauchte ich einen zarten Kuss auf ihre Haut, mein Mund streifte kaum ihre Schläfe. Ich ließ sie in meinem Bett und ging widerwillig zum Sofa.

* * *

Sie öffnete ihre Augen um halb zehn am nächsten Morgen mit einem Stöhnen: „Autsch."

„Tylenol ist auf dem Nachttisch, und ich bringe dir Kaffee."

Sie setzte sich schnell auf, als wäre etwas nicht in Ordnung. „Oh Gott, was ist passiert? Haben wir etwa...?"

Ich stand auf und ging zu ihrem Bett. Sie beobachtete jeden meiner Schritte, die Augen weit geöffnet und die Lippen leicht geöffnet. Ich setzte mich auf die Bettkante und beugte mich herunter, um ihre rissigen Lippen zu küssen, flüsternd: „Glaub mir, daran würdest du dich erinnern."

Ihre Wangen färbten sich rosa, und sie bedeckte ihren Mund mit der Hand, murmelnd: „Morgenatem."

Ich reichte ihr eine Tablette und ein Glas Wasser.

„Der Kaffee ist fast fertig, und ich habe Frühstück bestellt", sagte ich ihr.

Sie fuhr sich verwirrt mit den Händen durch das Haar.

„Was war in diesem Eierpunsch?", fragte sie.

„Rum. Viel Rum, nach dem Rezept meines Urgroßvaters. Erinnerst du dich nicht, als ich dich gewarnt habe?"

Sie schüttelte den Kopf. „Ich brauche unbedingt eine heiße Dusche und andere Kleidung."

Sie sah sich in der Umgebung um, und ich räusperte mich.

„Die Skilifte sind gesperrt. Es gibt eine Lawinenwarnung, was bedeutet, dass wir heute einen Aufenthaltstag haben."

„Wo ist Kensi?", fragte sie.

„Wahrscheinlich in der Küche, frühstückend mit ihren Großeltern."

„Sind wir also ganz allein?"

„Genau."

„Und du willst mir sagen, ich bin ohnmächtig geworden und habe unsere Nacht ruiniert?"

„Hast du gestern Spaß gehabt?", fragte ich.

„Ja."

„Dann hast du nichts ruiniert, und ich garantiere dir, heute wird es noch besser. Nachdem du den Eierpunsch und Rum abgeduscht hast."

Sie schlug mich mit einem Kissen, sprang aus dem Bett und ging ins Badezimmer. Ich arrangierte das Frühstück am Kamin. Es schneite wieder, mit geringer Sichtweite.

Kurz darauf kamen Croissants, Gebäck und andere Leckereien an. Der Duft von frisch gebrühtem Kaffee durchdrang den Raum. Laura zog sich ein Paar Leggings und einen flauschigen Pullover an, bevor sie sich an den Tisch setzte, bereit zu essen. „Ich bin so hungrig!"

Ich auch.

„Du, setz dir deine Weihnachtsmütze auf." Sie zeigte, und ich gehorchte.

„Ist das besser? Wenn ich mich recht erinnere, hat der Weihnachtsmann ein Geschenk, das er heute Morgen auspacken kann."

Sie durchsuchte ihr Gedächtnis, ihre Augen leuchteten schließlich auf. „Es ist gut zu wissen, dass der Weihnachtsmann seine Versprechen hält."

Ich starrte sie vom anderen Ende des Tisches an, während sie die Pfannkuchen genussvoll aß, ihre Lippen bettelten darum, geküsst zu werden. Ich konnte nicht umhin, mir vorzustellen, wie sie sich unter mir winden würde, ihr weicher Körper, der sich meinem hingab. Je mehr Zeit verging, desto lebendiger wurde mein Plan, und als das Frühstück endete, griff ich über den Tisch und nahm ihre Hand in meine, zog sie zu mir. Sie schaute mit einer Mischung aus Überraschung und Verlangen auf.

Ohne ein Wort schob ich den Stuhl zurück und stand auf. Ich hob sie hoch und setzte sie auf die Tischplatte, verstreute Teller und Besteck zur Seite.

„James, was machst du da?"

„Wenn du das fragen musst, mache ich es nicht gut genug."

Ich tauchte auf ihren Mund zu. Meine Hände wanderten über ihren Körper, während ich sie küsste, meine Finger glitten an ihrer Taille entlang und unter ihren Pullover, ihre kleinen Atemzüge in meinem Mund wie eine Einladung singend.

Ihr süßer Geschmack und der frische Duft von Shampoo umfingen mich. Ich küsste sie leidenschaftlich, als könnte ich alles verlieren, was sie mir in diesem Moment bot, aber als ich mich über ihren Körper bewegte, zitterte der Tisch. Ich legte meine Handflächen flach auf die Platte und wartete, während der Boden unter uns bebte. Lauras Augen wurden groß. Sie umklammerte meine Arme, ihre Finger gruben sich in meine Haut.

„Hast du das gespürt?", fragte sie.

Der Boden bebte erneut, und wir sprangen vom Tisch. Wir stellten uns unter einen Türrahmen, bis das Beben aufhörte.

„Was war das?", fragte sie nervös.

Stress packte mich im Nacken. „Drei Möglichkeiten: ein Erdbeben, eine Lawine oder im schlimmsten Fall ein Erdbeben und eine Lawine."

„Super, aber nicht beruhigend."

„Warte mal."

Ich griff nach dem Fernglas und fokussierte mich auf den Berg, aber bei dem starken Schneefall und der schlechten Sichtweite sah ich nur Weiß. Die Lichter flackerten, und kurz darauf begann mein Telefon zu klingeln.

Ich wischte mit dem Finger über den Bildschirm.

„Gabe?"

Mein Handy piepte, der Akku war fast leer.

„Ist bei allen alles in Ordnung? Warte, ich rufe dich gleich zurück. Ich muss nach Kensi sehen."

Ich legte auf und wählte die Nummer meiner Mutter.

„Uns geht es gut, allen geht es gut", sagte sie, als sie abhob.

Die Lichter flackerten erneut.

„Wahrscheinlich fällt der Strom aus, aber die Generatoren springen an, wenn es dazu kommt. Wie geht es Kensi?"

„Sie macht sich Sorgen, dass das Beben den Schornstein beschädigt hat und Santa in der letzten Nacht nicht mit den Geschenken kommen konnte."

„Die Geschenke sind schon da, aber bleibt in eurem Zimmer, bis wir nach Schäden gesucht haben."

„James?"

„Ja, Mama."

„Du weißt schon, dass dein Vater, meine Brüder und meine Söhne mich aus Sorge alle gleichzeitig anrufen? Gabe ist in der anderen Leitung."

„Das liegt daran, dass wir besorgt sind. Sag ihm, er soll auflegen. Ich rufe ihn gleich zurück."

Als ich die Nummer meines Bruders wählte, fiel der Strom aus. Ich lief zwischen dem Fenster und dem Tisch hin und her. „Es sieht so aus, als würden die Generatoren nicht anspringen, und mein Handy geht bald aus. Ich schaue im Wartungsraum nach, und du gehst zum Notfallbunker", sagte ich ihm.

„Verstanden."

Ich legte auf und ließ meine Schultern sinken.

„Musst du weg?", fragte Laura und beugte sich vor.

„Nur zum Wartungsraum. Es dauert nicht lange."

Sie kaute auf ihrer Lippe. „Haben Milliardäre dafür nicht Personal?"

Ich lächelte wissend. „Ja, außer am Weihnachtstag, wenn jeder Zeit mit seiner Familie verbringen möchte."

Ihre ernste Stimmung verschwand so schnell, wie sie gekommen war, und sie sprang vom Tisch. „Ich komme mit dir, Bond. Das könnte Spaß machen."

„Ich muss nur einen Schalter umlegen."

„Perfekt!" Sie klatschte in die Hände und lief zur Tür, wo sie sich die Schuhe anzog. „Ich würde gerne zusehen, wie du einen Schalter umlegst." Sie lachte.

Ich gab nach. „Na gut. Komm mit."

Wir bahnten uns unseren Weg den Flur hinunter zum Spa, das nur vom Licht aus dem Wasserloch über uns erleuchtet wurde. Schnee hatte sich über die Fliesen gelegt.

„Pass auf, es ist rutschig", sagte ich.

Das Geräusch von fließendem Wasser hallte durch den Raum. Als wir den Wartungsraum erreichten, wehte ein süßer Duft von Blumen und Minze hindurch, bevor ich meinen kleinen Schlüsselbund herausholte und die Tür manuell öffnete.

Das Schloss klickte, und wir schlüpften in den dunklen Raum. Laura zuckte zusammen, als die Tür sich hinter uns schloss.

„Wir sind eingeschlossen."

Ich schaltete die Taschenlampe an und beruhigte sie mit meiner Hand auf ihrem Arm. „Mach dir keine Sorgen, ich habe den Schlüssel. Bleib hier und berühre nichts."

Ich quetschte mich zwischen zwei Reihen von Regalen bis ans Ende des Raumes, bevor ich den Generatorschalter fand. Ein Stromstoß brachte den Motor zum Laufen, und die Lichter gingen an.

Im erleuchteten Raum erhellte sich Lauras Gesicht.

„Hab dir ja gesagt, ich kann einen Schalter umlegen."

Sie ging sofort zur Tür, um sie zu öffnen, stellte aber fest, dass sie verschlossen war.

„Warte kurz", sagte ich ihr, während ich mich zurückbewegte. Ich versuchte, die Tür zu öffnen, indem ich den Schlüssel im Schlüsselloch drehte, aber er steckte fest.

Laura nestelte herum, tippte mit dem Fuß und sah mich an, als würden wir am Rande eines Krieges stehen. „Mach schon die Tür auf!"

„Ich versuche es. Ich kann wirklich nicht. Es fühlt sich verklemmt an." Ich drehte den Schlüssel hin und her, mit etwas zu viel Kraft beim achten Versuch, und der Schlüssel brach ab.

Verdammt. Das durfte doch nicht wahr sein.

Sie stolperte zurück gegen die Theke hinter ihr, ihre Augen weit aufgerissen und voller Panik. „Warum tust du mir das an?"

Ihre Lippen wurden blass.

„Es tut mir leid, ich will dich nicht hier festhalten", sagte ich. „Fühlst du dich in Ordnung?"

„Ich ... ich bin klaustrophobisch", schoss sie zurück, ihre Stimme voller Angst. Ihr Gesicht wurde fahl, und ihre Augen trübten sich. Ich beobachtete, wie ihr Atem schneller wurde. Ungläubig schüttelte ich den Kopf.

„Ich wusste nicht, dass du klaustrophobisch bist."

Sie funkelte mich an, Tränen kurz davor, aus ihren Augen zu fließen. „Natürlich wusstest du das! Ich habe es dir gesagt, am Tag, an dem wir uns kennengelernt haben! Du weißt alles über mich. Du bist mein Chef, verdammte Axt, und ich bin sicher, dass du Hintergrundüberprüfungen machst, und deine Familie kennt meine Familie, also kein Wunder, dass wir uns schließlich über den Weg gelaufen sind, und jetzt ... jetzt werden wir hier in diesem Raum zusammen sterben."

Ihr leises Atmen verwandelte sich in hastiges Keuchen, während sie sich an der Theke festklammerte, um das Gleichgewicht zu halten.

Ich versuchte mich zu erinnern, hatte aber nur eine vage Erinnerung daran, dass sie es kurz erwähnte, als ich fragte, ob sie eine Panikattacke hat. Um ehrlich zu sein, dachte ich, sie übertreibt etwas, das ihr unangenehm war. Wie auch immer, das war ernst, und ich musste schnell handeln. „Hey, hey, hey. Du bist in Ordnung. Lass mich meinen Bruder anrufen, damit er die Tür von außen öffnet."

Ich wollte nach meinem Handy greifen, aber es war tot.

„Verdammt!"

„Was ist los?"

„Mein Akku ist leer. Hast du deins dabei?"

„Nein."

Ich hörte kaum ihre schwache Antwort.

„Sind wir wirklich hier gefangen?"

Die Tränen, die in ihren Augen standen, liefen über, und ihre Lippe zitterte. Ich packte ihr Gesicht zwischen meinen Händen und küsste sie so tief, dass sie an nichts anderes denken konnte. Ihr Körper gab sich sofort meinem Halt hin, als ich mit sanften Zungenstrichen ihren Mund liebkoste und ihre Lippen mit sanften Küssen streichelte. Ich verdrängte ihre Ängste, bis ihre Anspannung nachließ und ihr Körper sich entspannte.

Sie stellte sich auf die Zehenspitzen und schlang ihre Finger um meinen Nacken. Sanfte Wimmern entkamen ihrer Kehle. Ich strich mit meinen Handflächen ihre Taille entlang, bevor ich sie hinaufführte, um ihren Hintern zu umfassen. Doch gerade als ich das tat, zog sie sich atemlos zurück.

Sie schaute mich an, dann auf die Tür und wusste nicht, wohin sie gehen sollte. Schließlich schlich sich ein kleines Lächeln auf ihre Lippen, bevor sie meine Hand unter ihren Pulli führte und auf ihre nackte Haut legte. Mein Finger streifte über eine empfindliche Brustwarze. Sie hielt den Atem und meinen Blick fest, um meine Selbstbeherrschung zu testen. Ich hatte keine mehr. Nicht mehr jetzt.

„Fast acht Milliarden Menschen leben auf diesem Planeten, und ich habe die Ehre, mit dir hier festzusitzen. Wie stehen die Chancen dafür?", fragte ich.

Sie schluckte und flüsterte: „Eins zu acht Milliarden ... Vielleicht ein bisschen weniger."

Ich kniff ihre Brustwarze, und sie sprang mit einem Wimmern, suchte in meinen Augen nach mehr.

Mein Mund verzog sich seitlich. „Ich bin bereit, mein Geschenk auszupacken."

Ich kam näher, gab ihr kaum Raum zum Atmen. Sie stützte sich am Tresen ab, als meine Hand von ihrer Brust zu ihrem Rumpf glitt. Ihre Augen weiteten sich, und mein Schwanz pulsierte heftiger. Ich ließ meine Fingerspitzen langsam über den elastischen Hosenbund gleiten und in ihre perfekt gepflegte Muschi eintauchen.

Ich spreizte sie sanft mit meinen Fingern, spürte ihre Erregung, während ich durch ihre Nässe glitt. Sie schloss die Augen, atmete schwer und zitterte unter meiner Berührung. Ihr Kopf legte sich zurück, als ihr Atem stockte. Mein Daumen bewegte sich in langsamen Kreisen über ihrem Kitzler. Ich küsste ihren Hals, meine Hand bearbeitete ihre Muschi.

Sie stöhnte, ihr Körper bog sich mir entgegen.

„James ...", flüsterte sie. „Bitte ..."

Ich lehnte mich nah heran, meine Lippen streiften ihr Ohrläppchen.

„Ich liebe es, wenn du bettelst, Schöne. Es ist Zeit, auf Santas Gesicht zu sitzen."

Der Raum wurde wärmer. Schweiß rann meinen Rücken hinunter, und als ich schluckte, fühlte es sich an, als würde ein Stein durch meine Kehle wandern. Wir saßen in einem Raum mit begrenzter Luftzufuhr fest, und James' Mund lenkte mich ab.

Er hob mich auf die Arbeitsplatte, zog meine Hose herunter und vergrub sein Gesicht zwischen meinen Schenkeln. Ich stöhnte auf und vergrub meine Finger in seinem Haar, während er leckte und saugte, seine Zunge jeden Zentimeter meiner Haut erkundete. Er bewegte sich so schnell, dass der Gedanke an den engen Raum fast verschwand. Ich stöhnte im Takt seiner Zungenbewegungen. Er neckte meine Schenkel mit Küssen, bevor er wieder zurückkehrte und mir keine Zeit zum Atmen ließ. Ich warf meinen Kopf zurück und gab mich der Lust hin. Jede Faser meines Körpers bebte vor Verlangen unter seinem Mund, aber ich brauchte mehr. Ich wollte ihn in mir spüren. Ich brauchte ihn... hart... jetzt...

Ich wand mich auf der Arbeitsplatte, zog ihn aber sanft auf die Füße und küsste seine feuchten Lippen, wobei ich mich selbst auf seinem Mund schmeckte. Ich umklammerte seine muskulösen Arme und hielt mich daran fest. Er schluckte mein

Wimmern, bevor er Küsse entlang meines Kiefers bis zu meinem Ohr verteilte. Das machte er oft. Und es gefiel mir.

„Ich brauche dich auf dem Boden, sitzend hier oben", deutete er auf sein Gesicht.

Mein Unterleib pochte.

„Ich will dich in mir spüren."

„Bald, Schöne. Aber zuerst kommst du in meinem Mund."

Seine Brust vibrierte und ich wurde noch erregter. Er stand vor mir, während ich nackt auf der Arbeitsplatte saß, meine Knie umschlossen seine Taille. Ich lehnte mich vor, presste meinen Mund auf seinen und nestelte am Bund seiner Jogginghose. Wie dumm war es von mir, letzte Nacht zu trinken und alles zu verpassen, was hätte sein können?

Er entfernte meine Hand zum zweiten Mal und griff nach dem Saum meines Pullovers, zog ihn mir über den Kopf. Ohne BH sprangen meine Brüste frei vor seinem Gesicht. Er beugte sich langsam vor, den Blick auf meine Brüste gerichtet. Ich beobachtete, wie er eine Reihe von Küssen meine Brust hinab bis zu meiner Brust verteilte, seinen Mund um eine Brustwarze schloss und den Rand neckte. Meine andere Brust verlor sich in seiner Hand. Ich legte den Kopf in den Nacken, und ich erschauderte, als sein heißer Atem und seine glatte Zunge über meine Brust tanzten.

James ließ von der empfindlichen Brustwarze ab und fuhr einen Weg zwischen meinen Brüsten hinunter, bevor er sich zurückzog. Er musterte mich von oben bis unten, seine Augen wurden dunkler vor Verlangen.

Er bewegte sich tiefer, streichelte und leckte weiterhin jeden Zentimeter meiner Haut. Seine Hände umfassten mein Gesäß und griffen fest zu, während sein Mund erkundete. Ich klammerte mich an seinen Rücken und zitterte unter den prickelnden Empfindungen, als er um meinen Bauchnabel leckte. Er lachte gegen meine Haut, bevor er hundert winzige Küsse über eine

Seite meines Hüftknochens verteilte. Ich griff nach seinem Hosenbund, aber er hielt mich auf.

„Noch nicht. Der Weihnachtsmann braucht deine Muschi, die in seinem Mund explodiert."

Er sah so verdammt süß aus in dieser Mütze. Moment mal, was zur Hölle? Wenn er weiter so redete, würde ich von alleine kommen.

„Ich will mehr als das." Ich senkte meine Hand zu seinem Glied. „Ich will-"

„Meinen Schwanz?", fragte er.

Die Heiserkeit in seiner Stimme machte ihn noch süßer.

Ich nickte. „Alles von dir."

„Ich gebe dir alles, was du willst" - sein schelmisches Grinsen breitete sich über sein Gesicht aus - „nach meinem Frühstück. Keine Unterbrechungen mehr."

Er zog die Leggings von meinen Knöcheln und spreizte meine Knie, entblößte mich. Kühle Luft traf auf meine erhitzte Haut, aber James ließ mir keine Zeit, mich zu sammeln. Er packte mich an den Hüften und zog mich auf den Boden, dann legte er sich auf den Rücken. Ich folgte seiner Bewegung, meine Füße an seiner Taille, bevor ich mich mit je einem Knie an jeder Seite seines Kopfes hinkniete. Als ich am Boden war, packte er meine Schenkel und zentrierte mich über seinem Gesicht.

Seine hellen Augen, jetzt dunkel und hungrig, trafen meine. Als sich sein Mund meinem Schoß näherte, sein Atem meine Innenschenkel neckte und einen Schauer durch meinen Körper sandte, gab er mir ein letztes freches Grinsen und tauchte ein.

Ich schloss meine Augen. Er glitt mit seinen Fingern in mich hinein und zog seine Zunge von dort nach oben zu meiner Klitoris. Ich klammerte mich an seine Unterarme, um Halt zu finden. Er kreiste um meine Klitoris, reizte die pulsierende Knospe, bevor er seinen Mund schloss und saugte. Das Blut schoss von meinem Kopf in meinen Schoß. Seine Finger pumpten härter, und er machte etwas mit seinem Mund, das ich nicht verstehen konnte...

„Himmel!"

Seine Zunge schnellte einmal, zweimal, drei... fünfmal. Ich hörte auf zu zählen und verlor mich in der Empfindung, wie jedes Schnellen mich schneller und fester vereinnahmte, bis meine Beine vor aufgestauter Spannung zitterten. Mein Herz raste bis an meinen Hals und meine Klitoris verhärtete sich, als er seinen Mund an der perfekten Stelle hielt und pumpte... und pumpte.

Kalter Schweiß rann meinen Rücken hinunter. Ich bewegte meine Hüften vor und zurück über seinem Gesicht und ließ seine Zunge meine Klitoris peitschen. Ich packte seinen Kopf und versuchte, ihn zu zentrieren, aber er entfernte seine Finger und tauchte seine Zunge tief in mich ein.

„James. Ich werde kommen."

„Mmmm." Er seufzte um mein Fleisch herum, stieß seine Zunge tiefer in mich und verschlang mich, als wäre ich sein und nur sein. Er leckte immer und immer wieder, bevor er meine Klitoris zwischen seine Lippen nahm.

„Du wirst mich zum Kommen bringen." Meine Atemzüge waren kurz und ungleichmäßig.

Ich konnte kaum geradeaus sehen, als er ein Lachen unterdrückte, bevor er mich für einen Moment losließ, um zu sagen: „Ja, das werde ich", mich dann in den Schenkel biss, um mich warten zu lassen, und dann wieder eintauchte. Ich drängte mich erneut gegen ihn, zu weit gegangen, um die Geräusche zurückzuhalten, die meiner Kehle entwichen.

Meine Muskeln spannten sich an, als das süße Kribbeln begann. Ich ließ seinen Kopf los und umklammerte seine Arme, bis meine Finger taub wurden. Er beobachtete mich von unten, während ich mich über ihm bewegte und gegen sein Gesicht stieß. Seine Hand erreichte meine Brust, wo er Unheil anrichtete, bis jede nach mehr seiner rauen Berührung lechzte. James kniff und zog abwechselnd an der einen, dann an der anderen Brustwarze, bis ich vor dem Ansturm kaum atmen konnte.

„Bitte ..."

Er schloss seinen Mund wieder um meine Muschi, saugte und leckte. Ein Krampf durchfuhr meinen Körper, dann noch einer.

Sein Mund löste sich lange genug, um zu atmen: „Komm, Laura. Jetzt."

Danach ließ sein unerbittlicher Mund nicht los, bis sich die Krämpfe zu einer riesigen Kontraktion sammelten und meine Erlösung auslösten. Der erderschütternde Orgasmus schoss aus meinen Gliedern, als hätte mich der Blitz getroffen. Meine Zehen kräuselten sich, mein Mund öffnete sich, und ich zitterte, bis ich die Wonne nicht mehr ertragen konnte und vor Lust und Schmerz aufschrie.

„Verdammt! Ja!"

Ich zog an seinen Haaren und riss seinen Kopf von meiner Muschi weg, während mein Körper in seinem Griff zuckte. Meine Beine zitterten, meine Brustwarzen standen aufrecht, und die Enge zwischen meinen Beinen löste sich weiter, bis der Orgasmus abklang. Ich öffnete meine Augen und blickte auf seinen glänzenden Mund hinab. Nach seinem selbstgefälligen Blick voller Stolz zu urteilen, wusste er genau, was er mit mir gemacht hatte.

Es dauerte eine gute Minute, bis sich mein Atem beruhigte. Ich glitt an seinem Körper hinunter, setzte mich auf seine kräftigen Oberschenkel und strich mit meiner Hand über die ausgebeulte Erektion unter seiner Jogginghose.

Mit einem Ruck streifte er sein Shirt von seinem Oberkörper. Harte Muskeln waren auf noch härteren Muskeln gestapelt. Jeder Zentimeter Haut war definiert, sichtbar stärker, als ich es mir je vorgestellt hatte. Ich hielt meinen zitternden Atem an und fuhr mit meinen Fingerspitzen seine Brust hinunter, bis ich seinen Hosenbund erreichte und seinen Schwanz befreite. Ich umschloss ihn mit meiner Hand. Er war hart und warm, pulsierte vor Verlangen, aber bevor ich das erste Mal zudrücken konnte, packte er mit einem Grunzen mein Handgelenk.

„Nicht so, Schöne. Ich lasse dich mich nicht wieder ficken, bevor ich dich nehme. Steh auf."

Mit einer fließenden Bewegung standen wir auf den Füßen. Er drehte mich um, sodass ich zur Theke gewandt war, wo ich mich mit den Händen abstützte, während er eine Reihe von Küssen mein Rückgrat hinunter verteilte. Ich spürte, wie er sich an meinem Körper wieder hochschlängelte und mich nach vorne beugte. Er packte mein Haar in seine Faust, übernahm die Kontrolle und tippte an meine Innenschenkel. Ich spreizte meine Beine, und er flüsterte: „Braves Mädchen."

Ich liebte sein Lob, es bestätigte mir, dass ich alles richtig machte. Ein tiefes Grollen folgte aus seiner Brust. Er positionierte sich hinter mir und ließ seinen Schwanz meinen Arschspalt hinuntergleiten, dann tiefer in meine Muschi, glitt ganz hinein und füllte mich von Wand zu Wand aus.

Er zog sich zurück und stieß vorwärts, hart und tief.

„Ahh."

Ich verengte mich um ihn und kippte meine Hüften, um ihm vollen Zugang zu geben, während er ein- und ausglitt. Endlich ließ er mein Haar los. Seine große Hand hielt meine Hüfte, während die andere mit meinen Arschbacken spielte, seine Finger kamen dem runzligen Loch immer näher. Das langsame Tempo beschleunigte sich mit jedem Stoß, als er tiefer und schneller vorstieß und sein Vorderteil gegen mein Hinterteil schlug. Das Geräusch klatschender Haut hallte wider. Der Geruch unserer Hitze hing in der Luft, und ich blickte über meine Schulter zurück, wo sein Körper vor Schweiß glänzte.

Er zog mich mit jedem Stoß und Grunzen weiter auf sich, umschlang mich von vorne mit seinen Armen und hielt mich fest. Wir waren Körper an Körper, unsere Haut mit süßem Schweiß verklebt.

„Du bist der Wahnsinn", hauchte er.

Ich stützte meine Hand gegen die Theke.

„Ich liebe es, dich in meinen Armen zu haben, und wenn ich sehe, wie du alles nimmst, was ich dir gebe, will ich dir noch mehr geben."

Er stieß härter zu, seine Hüften bewegten sich vor und zurück, sein Schwanz füllte mich bis in die Tiefen. Aber nichts fühlte sich besser an, als wenn er seine Brust gegen meinen Rücken presste und uns zu einem machte.

Er küsste die Stelle zwischen meinen Schulterblättern, bevor er mit seinen Lippen meinen Arm hinunterfuhr. Mein Griff um James verstärkte sich, als er sich schneller und tiefer bewegte und genau wusste, was nötig war, damit ich diesen wunderschönen Höhepunkt zwischen Lust und Schmerz erreichte. Er fesselte mein Handgelenk hinter meinem Rücken und schlang seine andere Hand um mich, kniff in eine Brustwarze und rieb dann die andere, biss sanft in meine Schulter.

„Bist du bereit, mein Leckerchen?"

„Ja." Meine Antwort klang wie ein Flehen.

Er rammte sich in mich, sein Schwanz traf jeden empfindli-chen Punkt und ließ meinen Körper zu einer Pfütze auf dem Boden schmelzen wollen. Ich jaulte auf, als er mit meinen Brust-warzen spielte, eine verdrehte und mich zur Seite drehte, um in die andere zu beißen, bis sie marmorhart waren. Mein Körper gehörte ihm, kribbelte von seiner Quälerei.

„Ah-oh, ja!" Der Schmerz vermischte sich mit Lust und durchfuhr mich wie eine Welle. Er senkte seine Hand zu meiner Vorderseite und meiner Muschi und umkreiste mit einem Finger meinen Kitzler in einer engen Spirale mit federleichter Berüh-rung, während seine Hüften einen langsameren Rhythmus annahmen.

Ich keuchte und wollte nicht, dass er aufhörte.

„Genau so, meine Schöne. Genauso. Komm für mich, Liebling."

Seine Hoden streiften die feuchten Lippen meiner Muschi,

sein Schwanz zitterte in mir, und ich kniff die Augen zusammen, konzentriert auf sein Gefühl dort und auf meiner Klitoris. Sein Mund kehrte zu meinem zurück, verschlang meine Lippen. Ich erstarrte an Ort und Stelle, mein Hintern drückte hart gegen seine Vorderseite.

Die heißen Zuckungen trafen mich, bevor ich sie registrieren konnte. Eine nach der anderen steigerten sie sich, bis meine Knie unter dem Gewicht meines Orgasmus nachzugeben drohten. Ich stieß einen lauten Schrei aus und ließ meine Hände zur Unterstützung auf die Theke fallen, zuckte heftig um ihn herum. Meine Arme und Beine kribbelten mit winzigen Stichen, während ich versuchte, die Kontrolle über meinen Körper wiederzuerlangen.

James packte meinen Hintern und hielt ihn in seinen Handflächen, seine Finger gruben sich in mein Fleisch. Sein Atem ging schnell und flach an meinem Ohr, während er alle zwei Sekunden zwischen Stöhnen fluchte und jedes Mal meinen Namen ausatmete, wenn er sein Tempo verlangsamte, bis er sich kaum noch in mir bewegte. Er stotterte ein letztes Stöhnen und zuckte zurück, ergoss sich über meinen ganzen Hintern.

Ich lag flach auf der Theke, bis ich spürte, wie er mich mit seinem Hemd abwischte. Die erste Kälte gegen meinen Schweiß traf meine Haut, und ich drehte mich um, bedeckte mich mit meinen nackten Armen. James griff nach meinem Pullover und zog ihn mir über den Kopf. Sein Atem verlangsamte sich, aber sein Schwanz war immer noch steinhart.

„Ich möchte nicht, dass du krank wirst, aber das war verdammt unglaublich." Seine vollen Lippen suchten meine, als ich den Boden unter uns rumpeln fühlte. Zuerst dachte ich, es wäre mein eigener zitternder Körper.

„Du nimmst die Pille, richtig?", fragte er.

„Ja."

Er seufzte erleichtert und griff nach seiner Hose vom Boden.

„Aber es sieht so aus, als hättest du all deine Schwimmer auf deinem Hemd aufgefangen", scherzte ich halbherzig.

Seine Mundwinkel zuckten kurz nach oben, bevor sie wieder absanken, als die Erde unter unseren Füßen bebte. James wurde schlagartig aktiv, zerrte seine Hose hoch, während ich in meine Leggings schlüpfte.

Mein Atem kam in flachen Stößen, als ich meinen Arm um ihn schlang, um Halt zu suchen. „Noch ein Erdbeben?"

Die Lichter flackerten. Das Rumpeln war ohrenbetäubend, und der Boden unter uns bebte heftig. James schob mich schnell in eine Ecke und benutzte seinen Körper als Schutzschild zwischen mir und was auch immer kommen mochte.

„Das ist kein Erdbeben", sagte er.

Ich klammerte mich an seinen Arm, als hinge mein Leben davon ab. Der Lärm war so laut, dass ich dachte, der Boden würde sich jeden Moment aufspalten. Plötzlich krachte etwas mit ohrenbetäubender Wucht gegen das Gebäude, die Wände erzitterten, und ein paar Sekunden später hörte das Beben auf. Die Tür wurde aus den Angeln gerissen, und Schnee fegte in den Raum. Ich zitterte, während James mich an seine heiße, nackte Brust drückte, bis das Getöse in Stille überging.

„War das eine Lawine?", fragte ich.

„Ja, das war eine Lawine."

Die Innentür klickte auf und entriegelte sich.

„Wir sollten gehen. Ich muss nach allen sehen, und..."

Ich hielt ihn auf.

„Du kannst nicht nackt gehen."

„Ich ziehe mein versautes Hemd nicht an." Er zeigte auf das befleckte Hemd, bevor er meine Hand ergriff. Wir traten hinaus in der Nähe des Spa-Eingangs, direkt neben dem Wasserfall-Raum. Schnee wehte von oben herein und bedeckte den Innenraum. Ein Schrei hallte durch den Flur aus der Hauptlobby.

„Los, los, los! Beeil dich!", ich drückte ihm einen feuchten Kuss auf die Lippen und ließ seine Hand los. James rannte los.

Ich war gerade dabei, ihm zu folgen, als ich ein Klopfen an der vom Schnee blockierten Spa-Tür hörte. Eine verängstigte Stimme rief schluchzend um Hilfe.

„Ich bin hier", sagte ich und lief um den Wasserfall herum, um den Notausgang zu öffnen. Das Spa war leer, bis auf eine einzige schwangere Frau, die ich noch nie zuvor gesehen hatte.

„Sie sind ganz allein hier?"

„Die Masseurin ging, um extra Handtücher zu holen, und dann bebte der Boden, und ich saß fest."

Sie umfasste ihren Bauch und schützte das Baby in ihrem Leib.

„Es gab eine Lawine. Wir können durch den Hinterausgang raus. Ist sonst noch jemand hier?"

„Ich weiß nicht. Ich lag auf der Liege und wartete... Ich... ich weiß es nicht."

„Schon gut. Es ist alles in Ordnung. Hier", ich nahm sie unter den Arm und half ihr durch die Tür. „Ich werde die Räume überprüfen. Warten Sie hier."

„Okay."

Sie zitterte am ganzen Körper, aber es würde nicht lange dauern, nach anderen zu suchen. Ich durchsuchte jeden Raum, um sicherzugehen, dass das Spa leer war, bevor ich ging. Als ich zurückkam, war die Frau nicht mehr da, wo ich sie zurückgelassen hatte. Ich bog um die Ecke in Richtung Rückseite des Wasserfalls. Die Sonne fiel durch das Loch oben herein, als ich James' Stimme hörte.

„Was machst du hier, Tiffany?"

Ich bewegte mich zwei Schritte nach rechts und sah sie.

„Ich habe dir gesagt, dass ich komme." Die Frau, der ich geholfen hatte, stand mit den Händen in die Hüften gestemmt und ihrem kleinen Bauch nach vorne gestreckt da.

„Wie, Tiff? Alle Flüge wurden gestrichen. Die Straßen sind gesperrt."

„Wo ein Wille ist, ist auch ein Weg. Wie könnte ich dich nicht besuchen kommen, wenn unser Baby tritt?"

Epilog

Laura
neun monate später

Schweiß tropfte mir von der Stirn, während ich durch den Laden hetzte und nach irgendetwas suchte, das ich vielleicht vergessen hatte, für das Baby zu kaufen. Die Welt um mich herum verschwamm und in meinem Kopf überschlugen sich die Gedanken, alles gleichzeitig erledigen zu müssen. Mit dem nahenden Geburtstermin wurde die Zeit immer knapper.

Ich meldete mich in einer Klinik an, zu der meine Eltern keinen Zugang hatten, und da ich sie seit ein paar Monaten nicht gesehen hatte, wussten sie immer noch nicht, dass ich schwanger war. Soweit sie wussten, war ich mit meiner Arbeit bei der Polizei beschäftigt. In Wahrheit hatte ich Angst, ihnen zu sagen, dass ich wieder schwanger war. Aber heute war der Tag, an dem ich dem Vater des Babys sagen würde, dass er Vater werden würde. Wieder einmal.

In meiner Eile durch den Laden stieß ich fast einen Ständer mit Stramplern um, den ich auffing, bevor er zu Boden fallen konnte. Und da sah ich es. Ein winziger Fuchsstrampler, oben auf einem Regal thronend, mit leuchtend grauen und orangefarbenen Markierungen. Er war perfekt, und ich griff sofort danach, ohne nachzudenken.

Ein stechender Schmerz durchfuhr meinen Bauch und ich

nahm mir einen Moment Zeit, um durchzuatmen, bevor ich ihn auf den Tresen legte. Ich bat die Kassiererin, ihn abzukassieren. Mein Herz raste, ich war außer Atem und fühlte mich wie ein Wrack. Ich wackelte nach draußen, die Arme voll mit Paketen, und winkte ein Taxi heran. Der Fahrer wartete, während ich die Taschen in unserer gemeinsamen Wohnung ablieferte.

„Wohin als Nächstes, Miss?"

„Manhattan. Silver Brothers Securities."

Mit zitternden Händen griff ich nach meinem Handy, meine Finger wählten schnell Allies Nummer. Sie ging beim zweiten Klingeln ran.

„Ist es soweit?"

„Nein, es ist nicht soweit."

„Oh, okay. Du hast mir einen Herzinfarkt verpasst."

„Das sagst du jedes Mal, wenn ich anrufe. Hör zu, ich habe mich endlich entschieden, es ihm zu sagen."

Sie schrie etwas Unverständliches in den Hörer und ich wartete, bis sie sich beruhigt hatte.

„Wer ist es?", fragte sie.

„Ich sage es dir nicht, bevor ich es ihm sage."

„Ich schwöre bei Gott, du bist nicht meine beste Freundin."

Sie betonte das ‚nicht' auf eine ganz bestimmte Art. Genauso hatte sie es jedes Mal getan, wenn ich mich weigerte, ihr vom Vater meines Babys zu erzählen. Sie hatte ihre Vermutungen, aber ich bestätigte nie etwas. Es hatte acht Monate gedauert, bis ich den Mut aufbrachte, es ihm selbst zu sagen.

„Ich hab dich auch lieb. Hör zu, es ist wahrscheinlich nichts, worüber man sich Sorgen machen muss, aber ich habe einige Braxton-Hicks-Kontraktionen und wir sollten wahrscheinlich für dieses Baby bereit sein."

„Verstanden. Die Tasche steht an der Haustür, der Kindersitz ist installiert. Ich bin bereit, Laura. Wir sind bereit."

Zwar hatte ich keinen Lebenspartner an meiner Seite, aber welche bessere Unterstützung könnte ich mir wünschen als meine beste Freundin? Sie nahm ihre Rolle als Patentante und Patenonkel ernst, manchmal sogar übertrieben ernst.

„Ich bin auf dem Weg zu Silver Brothers Securities, um ihn zu sehen."

„Ich wusste es!"

„Allie, du hast versprochen, es nicht anzusprechen."

„Alles klar. Diese Patentante hält brav die Klappe und-"

„Danke, dass du keine Fragen stellst. Wir werden den Geburtsplan heute Abend durchgehen, wenn das okay ist."

„Natürlich werden wir das. Und sobald du zu Hause bist, lasse ich dich nicht mehr aus den Augen."

„Wenn wir schon dabei sind, hätte ich gerne eine Fußmassage und vielleicht eine Maniküre. Ich komme nicht mehr an meine Füße ran."

„Betrachte es als erledigt."

Wir legten auf, nachdem wir die Abendpläne bestätigt hatten. Allie war so viel mehr als meine beste Freundin. Sie war meine Ehefrau, mein Ehemann und meine persönliche Organisatorin in einem. Ich schuldete ihr etwas für jede Lüge, die wir erzählt hatten, um diese Schwangerschaft geheim zu halten. Der Taxifahrer hielt am Bordstein des Wolkenkratzers, und ich spürte, wie mein Magen sich zusammenzog. Das war es; ich musste es tun. Ich holte tief Luft, öffnete die Tür und trat auf den Bürgersteig.

Der Geruch von Abgasen vermischt mit frisch gemähtem Gras kitzelte meine Nase, als ich mich auf das Gebäude zubewegte. Ich hatte einen federnden Schritt, bis eine Familie meine Aufmerksamkeit auf sich zog und ich wie angewurzelt stehenblieb. Mein Herz raste und die Stadtgeräusche um mich herum verschmolzen zu einem einzigen kontinuierlichen Summen. An der Straßenecke war James, der einen Kinderwagen schob, mit Tiffany neben ihm und Kensi, die mit ihnen lief. Sie lachten ausgelassen miteinander.

Es war der Traummoment, nach dem ich mich so lange

gesehnt hatte, doch ich war nur Zuschauerin. Es war auch genau das, was ich nie erwartet hatte. Meine Recherchen und Nachforschungen hatten bestätigt, dass sie nicht zusammen waren, aber da waren sie. Zusammen. Allzu bald gingen sie aus meinem Blickfeld, und der Zauber war gebrochen. Doch ich konnte mich nicht bewegen. Ich konnte meine Füße nicht vorwärts bewegen, um es ihm zu sagen, oder wenigstens nach oben gehen und eine Nachricht in seinem Büro hinterlassen.

Eine Schmerzwelle durchfuhr mich, gefolgt von Panik, als ich spürte, wie Flüssigkeit an meinen Beinen herunterlief. Einen Moment später lähmte die erste Wehe meine Glieder und ich wusste, das war es. Mein Baby kam.

Kapitel 1

Laura

Ich durchsuchte das bunte Gestell mit Kostümen nach dem perfekten Halloween-Dinosaurier-Outfit. Nicht für mich. Für meinen Sohn. Vor drei Jahren war Mutterschaft noch nicht auf meinem Radar gewesen, aber James Silver, der Mann, der mich geschwängert hatte, auch nicht. Drei Jahre später, mit einer Marke auf der Brust und einer besten Freundin als Partnerin, meisterte ich das Alleinerziehen mit Bravour.

„Ich hab's gefunden." Allie zog einen flauschigen braunen Einteiler mit einem weißen Schwanz heraus. „Es ist perfekt für Foxy."

„Keine Füchse mehr. Er hat schon eine Fuchszahnbürste, einen Fuchs-Schlafanzug, Fuchshausschuhe und Fuchsbettwäsche. Das reicht. Foxy muss sich an normale Dinge gewöhnen, wie Dinosaurier."

„Weil Dinosaurier in seinem Leben fehlen."

Dieser Ton.

Allies Urteil trug weit, aber wir hatten das schon oft besprochen. Foxys Vater konnte nie in seinem Leben sein. Ich ließ meine Arme sinken und drehte mich zu meiner besten Freundin um. Der böse Blick, den sie mir zuwarf, weckte in mir den Drang, ihr den Titel der Patentante zu entziehen.

„Deine Mutter hat angerufen – um zu sehen, ob du noch lebst. Sie hat seit sechs Monaten nichts von dir gehört."

Vielleicht ging es doch nicht um Foxys Vater.

„Hast du ihr gesagt, dass ich lebe?"

„Nein, ich hab ihr gesagt, sie kann dich auf dem Evergreen Friedhof finden. Natürlich hab ich ihr gesagt, dass du lebst, und ich hab ihr auch erzählt, dass es Foxy gut geht."

Das würde sie nicht tun.

Meine Kehle schnürte sich zu. „Das hast du nicht."

„Nein, hab ich nicht, aber es wird Zeit, dass du ihr sagst, dass sie Großmutter ist. Dein Vater wäre auch glücklich darüber."

„Kommt nicht in Frage. Ich gebe meinem Sohn keine Groß-mutter, die hundert Dollar zu seinem Geburtstag schickt, anstatt ihn zu umarmen. Nein danke."

„Laura ..." Sie berührte meine Schulter. „Man sagt, die Liebe einer Großmutter sei einzigartig. Und da du jetzt selbst Mutter bist, habt ihr mehr gemeinsam."

„Du denkst das, weil deine Mutter toll ist. Sie gibt dir Liebe, und du gibst ihr ... Sicherheit und Tequila. Alles, was ich meinen Eltern je gegeben habe, waren graue Haare."

„Meine Mutter ist genauso ein Chaos wie deine. Vielleicht eine andere Art von Chaos, aber trotzdem ein Chaos. Der Punkt ist, sie sollte es wissen. Vielleicht würde sie dich überraschen."

Ich seufzte. „Ich werde darüber nachdenken, aber mehr kann ich nicht versprechen. Jetzt hilf mir, ein Kostüm zu finden. Unsere Morgenpause ist fast vorbei."

Allie scannte das übrige Gestell mit Halloween-Kostümen ab. Wen wollte ich täuschen? Ich könnte ihr nie den Titel der Paten-tante entziehen. Sie war die Beste, und sie hatte recht. So verkorkst unsere Familiendynamik auch war, sie waren immer noch meine Familie, und ich vermisste sie. Nur, meine Eltern hatten Erwartungen, die ich nicht erfüllen konnte. Ihre Enttäu-schung reichte den ganzen Weg von Manhattan und ihrem Haus in den Hamptons. Das Ärzteehepaar zu meiden, war eine

Herausforderung, aber leichter aus der Ferne zu bewerkstelligen.

Also hatte ich meine Schwangerschaft für mich behalten und blühte nun als alleinerziehende Mutter auf. Daran etwas zu ändern, stand nicht auf dem Plan, und Allie bestätigte, dass ich am Leben war, wann immer sie die Anrufe meiner Mutter entgegennahm.

Sie hob ein Dinosaurier-Kostüm hoch und ließ die Monstrosität in der Luft baumeln. „Ein T-Rex mit Plastikkrallen. Damit könnte man einem Kind ein Auge ausstechen."

„Offensichtlich gewinnt das Fuchskostüm. Es ist sicher, perfekt und niedlich." Ich sah auf meine Uhr. „Und unsere Pause ist vorbei."

Ich bezahlte das Kostüm und warf die Tüte in den Streifenwagen. Ich schnallte mich an und nahm einen Schluck von meinem abkühlenden Latte, als der Funkspruch durchkam.

„Zwei bewaffnete Verdächtige beim Betreten des Cameo-Gebäudes nahe Fifth und Park gesehen. Alle Einheiten reagieren."

Ich spuckte meinen Kaffee aus und fummelten am Getränkehalter herum. „Allie, das sind wir."

Meine Serie von Kontrollgängen und fehlenden Festnahmen hatte mir die längste Zeit ohne Verhaftung im Revier eingebracht. Das Gekicher hinter meinem Rücken wurde langsam nervig, aber heute würde ich es ihnen allen zeigen.

Meine Partnerin griff nach dem Funkgerät. „Verstanden. Einheit zwölf-null-eins in der Nähe reagiert."

Wir schossen aus dem Streifenwagen wie zwei Rookies und rannten einen Viertelblock zum Cameo-Gebäude, wo wir an der Ecke anhielten und die Gegend beobachteten. Ein Geschäftsmann zündete sich vor der Tür eine Zigarette an. Ein Paar ging an einem auf einer Bank schlafenden Obdachlosen vorbei und betrat das Gebäude. Wir suchten nach Hinweisen, aber es gab keine.

„Kein sichtbares Chaos", sagte ich.

„Keine Anzeichen von Aufruhr."

„Scheint ruhig für einen bewaffneten Einbruch."

„Vielleicht sind es Profis."

„Ich würde lieber einen Profi schnappen, als meine fast dreijährige Sexflaute zu beenden."

Das war mein Tag. Ich konnte es in meinen Knochen spüren.

„Du hattest seit zwei Jahren keinen Sex?"

„Zwei Jahre und neun Monate. Foxys Zeugung war mein letztes Mal. Diese Verhaftung ist besser als Weihnachten und Geburtstag zusammen."

Sie sah mich an, als wäre ich verrückt. „Scheiße, Laura. Das ist übel. Ich wette, du hast vergessen, wie man einen Orgasmus hat."

„Unsinn. Ich habe heute Morgen unter der Dusche einen gehabt."

„Ach, Laura. Das musste ich jetzt wirklich nicht wissen."

„Hättest du nicht fragen sollen. Lass uns vorsichtig da reingehen."

Ich straffte meine Schultern, und wir gingen zur Drehtür. Drinnen lief das Geschäft wie gewohnt weiter. Eine Handvoll Büroangestellter wartete auf den Aufzug, und ein Wachmann saß am Informationsschalter.

„Glaubst du, es war ein Scherzanruf?", fragte ich sie.

„Oder wer auch immer hier reingerannt ist, ist schon oben. Lass uns die Treppe nehmen."

„Nein, warte. Schau dir den angespannten Wachmann an."

Wir näherten uns dem Schalter, und ich senkte meine Stimme. „Sir, haben Sie einen bewaffneten Eindringling gemeldet?"

„Ja – dritter Stock. Er ist im dritten Stock. Schwarzer Hoodie und ein Fleck silbernen Haars."

Die Stirn meiner besten Freundin runzelte sich.

„Wie viele Ausgänge?"

„Er hat das südliche Treppenhaus genommen. Das nördliche ist wegen Renovierungsarbeiten gesperrt."

Ich scannte die Umgebung. Zwei Anzugträger standen am Aufzug, zusammen mit einer gestressten Frau, die dringend Urlaub zu brauchen schien. Weitere kamen durch den Eingang, gefolgt von dem Obdachlosen im schwarzen Hoodie.

„Räumen Sie den Bereich und stellen Sie sich vorne hin. Lassen Sie niemanden mehr rein, bis alle draußen sind. Verstärkung wird bald hier sein", sagte ich und folgte Allie die Treppe hinauf.

Wir nahmen immer zwei Stufen auf einmal bis zum dritten Stock. Meine Brust zog sich zusammen, mein Herz hämmerte und meine Ohren dröhnten vom Ticken der Zeit. Schweiß lief meinen Rücken hinunter. Die Nervosität war neu; sie hatte begonnen, als ich nach meinem kurzen Mutterschaftsurlaub zur Arbeit zurückkehrte und gezwungen war, mein Baby bei Mrs. Brewers auf der anderen Straßenseite zu lassen. Mit der Mutterschaft kam das zusätzliche Bedürfnis, für meinen Sohn zu überleben. Während ich das Glück hatte, eine wunderbare Nanny zu haben, bekam sie mehr Kinder, und Foxy wurde häufiger krank.

Allie packte meinen Arm, bevor ich die Treppenhaustür öffnete. „Laura, bitte sei vorsichtig. Mein Patensohn braucht seine Mutter heute Abend zu Hause."

„Fünfzig Prozent mehr Polizisten sind dieses Jahr im Dienst gestorben als letztes Jahr." Die Sorge in ihren Augen verwandelte sich in Furchtlosigkeit, aber ich fuhr trotzdem fort. „Und da wir nicht bereit sind, eine Statistik zu werden, sei du auch vorsichtig."

Sie boxte mich spielerisch in den Arm, und ich schluckte den Kloß in meinem Hals herunter. „Das könnte dein erster Einsatz sein."

„Nicht, wenn wir hier weiter rumstehen."

Mit ihrem Körper schob sie mich zur Seite und öffnete die Treppenhaustür. Ich folgte ihr den Flur entlang. Nach der zweiten Biegung betrat ein Mann ein Büro. Die Tür schloss sich hinter ihm, und Allie rannte vorwärts, während ich in der Mitte des Flurs stehen blieb.

Der schwarze Hoodie, den er trug, war derselbe wie der des Obdachlosen.

„Das ist sein Partner", sagte ich leise, aber Allie war bereits durch die Bürotür gestürmt. Als ich ankam, hatte sie jemanden am Boden.

Ich drehte mich auf dem Absatz um und rannte zurück zum Treppenhaus. Unten füllte sich die Eingangshalle, während die Sicherheitsleute alle nach draußen drängten. Ich scannte die Gegend, meine Augen blieben an dem Obdachlosen hängen, der sich gegen einen Baum lehnte. Er beobachtete die Ausgänge. Ich verließ das Gebäude durch die Seitentür und rannte um die Ecke, damit ich mich von hinten anschleichen konnte. Der über seine breiten Schultern gestreckte Hoodie war derselbe wie der des Angreifers oben. Ich zog meine Waffe und zielte auf den Rücken des Mannes.

„Hände hoch!"

Seine Schultern zuckten erschrocken zusammen.

„NYPD. Weg von dem Baum und Hände hoch."

Er hob seine Hände in Zeitlupe, die Handflächen nach vorne und die Beine breit.

„Beeilung."

„Sie haben den Falschen erwischt, Officer." Seine tiefe Stimme weckte verschwommene Erinnerungen, aber ich schob das Kribbeln in meinem Hinterkopf beiseite. Ich würde diesen Mitverschwörer festnehmen, egal was passiert.

„Beweg dich verdammt nochmal nicht." Ich trat näher. Als seine Arme sich hoben, rutschte sein Hoodie über seinen Gürtel und entblößte eine Waffe. „Ist die Waffe hinter deinem Rücken registriert?"

Ich entfernte die Waffe hinter seinem Gürtel und bemerkte dabei seinen straffen Hintern.

„Sie sind verhaftet wegen Einbruchs. Alles, was Sie sagen, kann und wird vor Gericht gegen Sie verwendet werden."

„Einbruch? Erfinden Sie wenigstens etwas Glaubwürdiges. Ich bin nicht eingebrochen."

Die Handschellen klickten, das letzte Stück meiner Erinnerung fiel an seinen Platz.

Oh mein Gott. Diese Stimme.

Die Furcht, dass jemand mein Leben komplizieren wollte, floss durch meine Adern.

„Fox." Sein Name entglitt meiner Zunge.

„Laura? Laura, bist du das?"

Sein Kopf drehte sich mit einem Ruck, und mein Körper wurde schlaff. Der eine Mann, dem ich zwei Jahre lang aus dem Weg gegangen war - verdammt, der Vater meines Kindes - stand nun weniger als einen Atemzug von mir entfernt. Und der beste Plan, den mein Gehirn zustande brachte, war, ihn zur Wache zu bringen. Wenn sie ihn wegen Besitzes einsperrten, könnte ich zwei Ziele auf einmal erreichen: meinen Festnahme machen und verschwinden. Der Plan schoss mir wie eine verirrte Kugel durch den Kopf, bis sein Geruch in meine Lungen drang und die Kugel sich in der Nähe meines Herzens niederließ.

„Fox?", sein Name rollte über meine Zunge. Ich hatte seinen echten Namen noch nie ausgesprochen, aber ich trug ihn sicherlich nah an meinem Herzen. „Ich meine, James? Bist du das? Was zum Teufel?"

Er stand regungslos da, als teile er meinen Schock.

„Du liest meine Gedanken. Nimm mir die Handschellen ab." Er drehte sich zur Seite.

„Das kann ich nicht. Ich habe dir bereits deine Rechte vorgelesen."

„Du meinst, du hast meine Rechte gemurmelt."

„Halt den Mund. Du bist verhaftet. Was machst du hier?", fragte ich ihn.

„Wenn ich verhaftet bin, glaube ich, steht mir ein Anruf zu, bevor ich deine Fragen beantworte, Polizistin."

Er hatte Recht. Und ich wusste bereits, was er hier machte. Mein Funkgerät bestätigte, dass Verstärkung für Allie eingetroffen war. Sie bekam eine Mitfahrgelegenheit mit einem Kollegen.

„Sieht aus, als wären wir bereit zu gehen."

„Laura, nimm die Handschellen ab. Ich bin nicht der Typ, den du suchst."

„Da muss ich widersprechen." Er bemerkte meinen gedämpften Atem, und ich erkannte meinen Fehler. Der Funke in seinen Augen setzte mein Blut in Flammen, und ich schluckte, um die aufsteigende Hitze zu unterdrücken. Es funktionierte nicht. Ich bezweifelte, dass irgendwas half, wenn seine verdammten Augen ihr Ding machten. Obwohl der verrückte Morgen, den wir in Colorado verbracht hatten, lange her schien, war jede Minute frisch in meinem Gedächtnis geblieben.

„Wenn du die Nummer der Waffe überprüfst, ist sie auf Fox Silver registriert. Nimm die verdammten Handschellen ab, Laura."

Sein Ton riss mich aus meiner Benommenheit.

„Achtundneunzig Prozent der Kriminellen versuchen, einen Beamten zu überreden, ihre Handschellen abzunehmen. Das ist kriminell. Du bist verhaftet und kommst mit mir zur Wache."

„Du machst einen Fehler. Ich werde aus der Wache raus sein, bevor du den Papierkram erledigt hast."

Die Verstärkung für Allie traf ein, und ich wies sie nach drinnen, bevor ich mich wieder James zuwandte.

„Wunderbar. Dann wirst du ja nichts dagegen haben mitzukommen."

„Ich habe keine Zeit dafür, Laura. Ich bin ein beschäftigter Vater mit Verpflichtungen, der versucht, einen Verbrecher zu fangen."

Seine Vaterschaft war der Grund, warum ich ohne Abschied gegangen war – und die Frau, die unseren Aufenthalt mit ihrem schwangeren Bauch unterbrochen hatte. Ich würde nicht mit der Mutter seines Kindes konkurrieren, und ich würde auch nicht zulassen, dass mein Sohn an zweiter Stelle stand. Meine einzige andere Wahl war zu verschwinden.

„Laura? Hörst du mir überhaupt zu? Ich muss irgendwo sein, und wenn ich nicht sofort los kann, verpasse ich den Termin."

„In Ordnung. Wir können sofort los. In meinem Streifenwagen."

„Oh, toll. Ich würde eine Mitfahrgelegenheit wirklich schätzen-"

„Ich meinte *du* auf der Rückbank meines Streifenwagens."

„Du willst das wirklich durchziehen?" Er schloss die Augen und nahm einen beruhigenden Atemzug.

Ein Hauch von Reue machte sich in meiner Brust breit. „Ich mache nur meinen Job."

„Deinen Job?" Wut flammte in seinen hellen Augen auf. „Um Himmels willen, Laura. Du warst vor drei Jahren noch eine Nussknackerin."

Zorn stieg in mir auf.

„Nun, dann hat diese Nussknackerin wohl gerade ihren Festnahme gemacht."

Ich öffnete die hintere Tür und drückte gegen seinen schweren Körper, aber er widersetzte sich und drehte sich zu mir. Sein Mundwinkel hob sich, und ein Grübchen vertiefte sich in seiner Wange.

Verdammt.

„Würdest du mich nicht blamieren und mich vorne mitfahren lassen?"

Mein Herz hämmerte in meiner Brust und schnürte mir die Lunge zu. Ein Kribbeln breitete sich auf meiner Haut aus, eine Reaktion auf seinen gefährlich sexy Tonfall.

„Regeln sind Regeln, Mr. Silver. Verdächtige fahren hinten. Ich meine, auf der Rückbank."

Verdammt, keins von beidem klang unschuldig.

Er grinste.

„Steig ein." Ich packte seinen muskulösen Arm und schob

seine Masse an Muskeln hinein. Jesus, war er stark. Ich riss mich zusammen und trat aufs Gas.

„Also, was ist mit dir in Colorado passiert?", fragte er.

Eine bessere Frage war, warum der Himmel blau und seine Freundin schwanger war. Warum hatte er mich verführt, wenn er eine Familie hatte, und warum hatte ich es zugelassen?

Spiel die Ahnungslose.

„Was meinst du damit, was in Colorado passiert ist?"

Ich trat aufs Gas und schleuderte ihn gegen den Rücksitz. Er stöhnte, und ich sah in den Rückspiegel, als er sich näher an die Trennwand zwischen uns setzte.

„Ich meine, warum bist du gegangen?" Der tiefe Ton vibrierte durch seine Brust, und eine Erinnerung an seinen wunderschönen Oberkörper blitzte durch meinen Kopf. Ich kurbelte das Fenster runter, um frische Luft hereinzulassen.

„Es gab eine Lawine. Die Berge wurden gefährlich, und..." Ich hielt zusammen mit dem Auto an und wartete, bis die Fußgänger vorbei waren. „Und ich bin zu meiner kranken Freundin gefahren."

Ich fuhr wieder an.

„Und du hast nicht angerufen?"

Ich trat auf die Bremse, und sein Gesicht wurde gegen die Drahttrennwand gedrückt. Bei diesem Tempo würden wir nie zur Wache kommen, aber ich hatte nicht vor zu erklären, wie sehr ich Liebesdreiecke und Spieler verabscheute.

„Hör mal, ich hatte eine schöne Zeit in Colorado, aber wie du siehst, bin ich jetzt mehr als nur ein Nussknacker."

„Richtig – du bist eine Polizistin, die einen Typen wegen nichts festnimmt. Beachtliche Verbesserung."

War das Sarkasmus in seiner Stimme? Ich sah in den Rückspiegel, als er mit den Augen rollte.

„Du weißt gar nichts über mich, Silver. Ich bin großartig in meinem Job."

Achtzig Prozent aller Beziehungen beginnen mit Lügen; aber

wir hatten ja gar keine Beziehung. Ich war gut in meinem Job gewesen, bis Mrs. Brewers ein weiteres Kind zum Babysitten annahm. Foxy fing einen Virus nach dem anderen ein, was mich zwang, meine Arbeitszeit zu reduzieren.

„Du bist auf jeden Fall großartig darin wegzulaufen", murmelte er und lehnte sich in seinen Sitz zurück. Ich würde mich bestimmt nicht während der Arbeit darauf einlassen. Jede Frau an meiner Stelle hätte dasselbe getan. Ich sagte nichts mehr, bis wir am Revier ankamen und ich ihn in einen Raum zur Aufnahme brachte. Ich hatte gerade die Papiere unterschrieben, als Sergeant Dwight mich zu seinem Schreibtisch rief.

„Die Waffe ist registriert. Mr. Silvers Anwalt sagt, Sie hätten das überprüfen sollen, bevor Sie ihn wegen Besitzes festgenommen haben."

„Er hat einen Anwalt?"

„Die Silvers nehmen immer einen Anwalt. Das hätten Sie gewusst, wenn Sie das Protokoll befolgt hätten, was Sie nicht taten. Ich möchte Sie nicht degradieren, Young, aber –"

„Mich degradieren? Sir, ich weiß, dass ich in den letzten Monaten nicht in Topform war, aber ich kann meinen Job machen."

Er lockerte die Krawatte um seinen Hals.

„Sie sind eine gute Polizistin, Laura, und ich brauche Sie hier, aber Sie werden sich bei Mr. Silver entschuldigen müssen."

„Er kommt also frei?"

„Ihre Festnahme ist hinfällig. Wofür soll ich ihn festhalten?"

Gute Gene, strahlend blaue Augen und ein Körper zum Sterben? Ich zuckte stattdessen mit den Schultern.

„Ich habe Sie noch nie so patzen sehen. Ist zu Hause alles in Ordnung?"

Zählten drei Wäschenberge, ein überquellender Abwasch und ein kranker Zweijähriger?

„Foxy übergibt sich wieder. Er bekommt alle möglichen Keime, wenn Mrs. Brewers neue Kinder aufnimmt, also suche ich nach einem neuen Babysitter, und ich... Es tut mir leid wegen der Waffe. Es wird nicht wieder vorkommen, Sir."

„In Ordnung. Gehen Sie und leisten Sie Abbitte, und sorgen Sie dafür, dass die Anwälte uns in Ruhe lassen."

„Ja, Sir."

Ich drehte mich um und sah ihn am Empfang stehen. Er lehnte sich vor, stützte seinen Ellbogen auf den Tresen und bezauberte die Sekretärin. Der überwucherte Bart war neu, passte aber zu seinen langen Wimpern. Wären da nicht die dunkleren Ringe unter seinen Augen gewesen, hätte ich behauptet, er sähe heißer aus als in der Nacht, in der wir uns kennenlernten. Sein Blick hob sich und traf meinen Blick.

Ich straffte meine Schultern, hob meinen Kopf, sammelte mein Selbstvertrauen und richtete meine Wirbelsäule auf, während ich mit überlegten Schritten nach vorne ging.

„Hey", sagte ich. „Es tut mir leid wegen des Machttrips. Ich hätte dich nicht verhaften sollen."

„Keine Sorge. Ich werde keine Anzeige erstatten, wenn du mit mir essen gehst."

„Was?"

„Ich dachte, wir könnten uns auf den neuesten Stand bringen."

„Zum Essen ausgehen?"

„Genau das habe ich vorgeschlagen."

„Ich glaube nicht, dass mein Freund das schätzen würde."

„Du bist also nicht single? Du triffst dich mit jemandem?"

„Ja."

Manchmal kamen meine Lügen so wunderschön heraus. Wie konnte ich dieses Talent leugnen? Außerdem, hatte er nicht eine Familie, um die er sich kümmern musste?

Die Enttäuschung in seinen Augen raubte mir den nächsten Atemzug. Ich hatte auch nicht mit dem plötzlichen Stechen in meinem Herzen gerechnet. Die Reviereinganstür öffnete sich, und ich dankte dem Herrn für etwas frische Luft.

Wir drehten uns gleichzeitig zum Eingang. Eine blonde Bombe schritt den Flur entlang, als wäre es ein Laufsteg.

Sie war es. Die Frau aus Colorado.

Ihr langes, fließendes Kleid schmiegte sich an ihre zarten Kurven, und ihr Haar flatterte im Luftzug. Ihre Ohrringe passten zu den Diamantspitzen an ihren langen Nägeln, und ihre Handtasche passte zu ihren Schuhen. Normalerweise fielen mir solche Details selten auf, aber bei ihr war es schwer, sie nicht zu bemerken.

„Da bist du ja, Fox. Ich kann nicht glauben, dass sie deinen Bentley beschlagnahmt haben. Wir sind spät dran, und ich habe den Motor schon laufen. Ich werde denjenigen verklagen, der dafür verantwortlich ist."

Das wäre ich. Normalerweise würde ich eher sterben als zu kriechen, aber für diesen Job würde ich sogar das tun.

Sie hakte sich bei ihm unter, aber er löste ihre klammernden Finger einen nach dem anderen. Wie war ihr Name noch mal?

„Danke, dass du gekommen bist, Tiffany."

Richtig. Tiffany.

„Frau Tiffany, es tut mir leid, dass ich Herrn Silver so lange aufgehalten habe-"

„Sie sind diejenige, die das getan hat?" Sie musterte mein Abzeichen. „Officer Young?"

„Ja", ich wandte mich an James. „Ich hätte Sie nie verhaften sollen. Es tut mir leid."

Er hob das Kinn und zwinkerte. „Mein Angebot steht, Officer Young. Wir haben viel zu besprechen. Essen Sie mit mir zu Abend."

Tiffany ergriff seine Hand und zog ihn zur Tür. „Komm schon, Fox. Wir wollen nicht zu spät kommen."

Er hielt inne, ging ein paar Schritte zurück und zeigte mit dem Finger, als würde er einen Vortrag halten. „Die Waffe ist nicht das Einzige, womit du falsch liegst, Laura."

Sergeant Dwight kam hinter mir hervor. „Ich habe die selbstgemachten Hustenbonbons meiner Frau auf Ihren Schreibtisch gelegt. Ich hoffe, Ihrem kleinen Jungen geht es bald besser, Laura."

Meine Wimpern flogen weit auf, während sich James' Augen in den Augenwinkeln zusammenzogen.

„Ähm, danke. Ich muss los."

Ich flüchtete in den hinteren Raum, mein Herz raste wild. James Silver, alias Fox Silver, alias der geheime Vater meines Sohnes, war mit seiner Babymama verschwunden, aber die Auswirkungen seiner Anwesenheit hallten durch meine Gedanken. Wie zum Teufel sollte ich das alles unter einen Hut bringen?

* * *

Begleiten Sie Laura und James auf ihrem prickelnden Abenteuer in Buch 6 der Saga der Silver-Brüder, *Silver Fox, alleinerziehender Vater.*

Silver
FOX
Alleinerziehender Vater — Single-Dad Romantik
USA TODAY BESTSELLING AUTHOR
LACEY SILKS

BÜCHER VON LACEY SILKS

Die Saga der Silver-Brüder

Silver Weihnachtsmann (Band 1)

Silvers Rebellin (Band 2)

Silvers Bauer (Band 3)

Silvers Geheimnis (Band 4)

Silvers Unruhestifterin (Band 5)

Silver Fox, alleinerziehender Vater (Band 6)

Silver, der Jäger (Band 7)

* * *

Hier finden Sie Lacey online:
https://laceysilks.com/DeutscheBucher/

ÜBER DIE AUTORIN

USA Today Bestseller-Autorin Lacey Silks schreibt fesselnde romantische Spannung voller Leidenschaft, Würze und atemberaubender Spannung. Viele ihrer liebenswerten Charaktere sind von ihrem eigenen Leben inspiriert, und ihre Lieben finden sich oft spielerisch in ihre Geschichten eingewoben. Ihre beiden Kinder und ihr Hund Kygo sorgen mit Hausaufgabenfragen und liebevollen, sabbernden Küssen (natürlich von Kygo) für abwechslungsreiche Tage.

Wenn sie nicht gerade intensive Liebesgeschichten zu Papier bringt, ist Lacey eine begeisterte Camperin und Skifahrerin. Als natürlicher Frühaufsteher greift sie oft eher zum Kaffee als zum Wasser und gibt ihren Milliardärshelden die Schuld an ihrem vollen Terminkalender.

Laceys Charaktere, voller Fehler und Eigenheiten, rufen auf jeder Seite Lachen, Schlagfertigkeit und Emotionen hervor. Sie misst Männer schelmisch an ihrer Schuhgröße, hat eine Vorliebe für verführerische Dessous und träumt davon, das Land in einem Wohnmobil zu erkunden.

* * *

DANKSAGUNGEN

An meine Leser: Ich hoffe, ihr genießt Lauras und James' Geschichte genauso sehr, wie ich es genossen habe, sie zu schreiben. Weihnachten ist eine meiner Lieblingszeiten im Jahr. Ich liebe es, Zeit draußen im Schnee zu verbringen und drinnen am Kamin mit einer Tasse heißer Schokolade zu sitzen, um mich mit Familie und Freunden auszutauschen. Ich sollte mehr Weihnachtsgeschichten schreiben, denn sie sind gemütlich, voller glücklicher Familienmomente und fühlen sich einfach gut an.

An meine fantastische Lektorin, die immer Zeit für mich findet: Danke, dass du mir das Leben leicht und mein Schreiben verständlich machst. Silver Santa würde ohne deine Hilfe nicht dasselbe sein.

An meine Betaleser: Danke für eure aufmerksamen Augen! Wenn ich eine Geschichte zwanzigmal (oder öfter) gelesen habe, sind die Details nicht leicht zu erkennen. Euer Feedback ist unbezahlbar und macht den Roman zu dem, was er sein sollte.

An meine Familie: Danke für eure beständige Liebe, Unterstützung, euren Glauben und eure Ermutigung. Maya, danke für dein künstlerisches Auge und das Cover-Design. Es ist mir eine Ehre, dich als Künstlerin wachsen und dich weiterentwickeln zu sehen. Alex, dein liebevolles Herz und dein Sinn für Humor sind eine ständige Inspiration. An meine Eltern: Dieses Buch wäre ohne euch nicht zustande gekommen. Danke, dass ihr an meine Träume glaubt.